등지고 누워 사랑에 기대다

작가가 사랑할 때

- 여자편 -

차례

1부
나는 과거에 사랑을 찾아 해매던 작은 애벌레였다

2부
나비는 스스로 만든 번데기를 벗어야 세상에 나올수있다

3부
날아다니던 나비는 또 다른 나비를 만났다

4부
함께 날던 두마리의 나비, 정착한 곳에 나무를 심다

프롤로그

예술가이자 조각을 줍는 사람인 내가 가장 좋아하는 것은 틀을 깨는 것이다.
기존과 다르게 선이 그어져 있거나 틀이 있는 것을 지우고 깨버리는 것이 좋다.
그래서 이 책에는 정확한 명칭의 장르가 존재하지 않는다.
어쩌면 이 책으로 인해 계속 새로운 장르가 나올지도 모르기에 나는 이 책을 스토리 에세이, 드라마 에세이라 부르고 싶다.
어떤 장르라고 구별하기엔 어떤 가수들은 그들만의 특별한 음악 세계를 넣어 부르는 것처럼, 나는 내 책에도 그런 특별함을 담고 싶었다.

내가 가장 좋아하는 조각 중 하나는 사랑이란 기억이다.
그 조각은 아주 특별하고 특이했다.
만나는 사람과 상황에 따라 다른 형태와 다른 색을 띠고 있었으며 유일하게 하나의 형태와 색만 존재하는 것이 아닌 끊임없이 변하는 조각이었다.
그 모든 색과 모양이 다 담겨 있는 사랑이란 조각은 내게 아주 값지고 귀한 것이었다.

사랑을 줍고 관찰하면서 궁금증이 생긴 나는, 사랑을 한 번도 접하지 못했을 때부터 책에서 말하는 '사랑'이 궁금해졌다.

작가들이 말하는 '사랑'이란 도대체 어떤 사랑일까.

그들은 어떻게 그런 사랑을 하는 걸까.
그들은 어떻게 그런 사랑을 아는 걸까.
그들은 어떻게 나와는 다른 사랑을 하는 것일까.
그들은 그런 사람과 사랑을 어디서 만나게 된 것일까.
그들이 말하는 사랑은 어떤 사랑인지 궁금해졌다.
수많은 작가가 적은 사랑에 대한 글들을 보며 그들이 적은 사랑은 내 사랑보다 특별해 보일 때가 있었다.

나와 달리 진짜 사랑을 주고받을 줄 아는 사람들.
이별 후엔 찌질하게 사랑이 아니었다고 말하는 나와 다른 사람들.
우스갯소리지만 사랑을 말하는 작가를 만나면 표현이 풍부한 사람이니 싸울 일도 적고, 마음고생도 덜하겠다는 엉뚱한 생각도 했었다.
작가가 된 지금의 내 사랑과 그들이 말했던 사랑이 닮았는지 알고 싶어졌다.

그 특별한 조각을 적어보기로 했다.
부디 당신도 잊어버린 조각을 찾고 새로운 조각을 즐길 바라며.

PS. 미리 스포일러 하자면 이 책은 시리즈다.

1부

나는 과거에 사랑을

알아가던 작은 애벌레였다

오랜 연애가
끝나는 순간

오랜 시간 동안 한 사람과 길게 만났던 적이 있다.
약 7년 동안 이어가던 연애의 대단원을 내리던 날은 처음 사랑에 빠졌던 우리의 모습과는 완전히 달랐었다.

초반에 그는 나와 다퉜다는 이유만으로 일이 늦게 끝나는데도 불구하고, 내가 먹고 싶다고 말했던 도넛을 사기 위해, 그 지역에 있는 모든 도넛 가게에 다 전화를 하며 뛰어다니던 사람이었다. 미워하던 마음을 가졌던 순간마저도 미안하게 만들던.

헤어지기로 마음먹었던 순간은 헤어진 그 날보다 한참 전이었다.
함께 맞이하는 다섯 번째였는지, 여섯 번째였는지 모를 내 생일에 그는 아무것도 준비하지 않았다. 그 흔한 케이크도, 편지도 없었다. 일말의 성의나 노력하는 모습조차 보이지 않았던 그에게 나는 화가 났다. 같이 술을 마시는 자리에서 그는 술이 잔뜩 취해 있었고 내 친구는 그런 상황도 모른 채 내게 케이크를 주기 위해 잠깐 들렸었다. 자리를 마무리하는데 순간 울컥했다.
'내 생일인데...' 현실은 친구가 준 케이크를 들고 취한 그를 바래다주는 꼴이 우스웠다.
가는 내내 다투던 우리는 집 근처에 도착하고 나서도 한참의 실랑이를 벌였고, 그는 결국 친구가 내게 준 생일 케이크를 뺏어 들며 자신이 화가 난다는 이유로 바닥에 던져버렸다.

어쩌다 우리가 이런 사이가 됐을까.

내가 좋아하던 것을 사주기 위해, 내가 웃는 얼굴을 한 번이라도 더 보기 위해
지나가는 말들마저 기억해주던 사람은 이젠 없었다.
더 우리의 관계를 위해 어떤 노력도 하지 않는 모습을 보게 되었을 때,
허용범위라는 눈을 가리던 콩깍지가 사라지고 마주한 현실은 이미 이 관계는 끝이라는 걸 말해줬다.

나는 처음으로 그의 뺨을 쳤다.

바닥으로 내던져진 케이크가 뭉개져 흙과 함께 범벅이 된 모습이, 처음 사랑할 때와는 다르게 너무 많이 바뀐 지금의 우리 모습 같아서 그 케이크를 주우며 울었다.

그날 나는 이별을 결심했다.

정이
뭐길래

사랑보다 정이 더 무섭다는 말을 그때까지만 해도 몰랐지만, 이제는 어떤 말인지 알게 됐다.

그 꼴을 보고도 나는 미련한 사람처럼 헤어지지 못했다.
이별을 결심해놓고 서로 돌이킬 수 없는 벼랑 끝까지 갔음에도 이별하지 못했다.

그가 그렇게 변하게 된 것에는 어느 정도 일말의 내 책임도 있었기 때문이었다.
그도 나도 서로가 너무 당연해졌다는 것.
더 서로를 궁금해하지도, 노력하지도, 기대하지도 않는 당연한 관계가 돼 버렸다는 것이었다.

그때의 우리는 어렸고 그런 사랑이 처음이라 서툴렀다.
특별했던 순간들마저 시간이 흐르면서 뜨뜻미지근한 그

저 그런 순간들로 남게 되었다.
당연해지는 순간이 너무 많아져서 헤어지기로 마음먹었으면서
당연했던 순간이 너무 많았기에 마찬가지로 이별도 어려웠다.

정이 뭐길래.
더는 서로가 궁금하지도 않으면서 매일 밥을 먹었냐는 형식적인 연락조차도 없어지면 당장 내가 버티기가 힘든 상황이었다.
나는 나대로 충격이 꽤 컸으니까.
그래서 내가 택한 비겁한 이별 방법은 헤어지자는 말을 하지 않은 채 헤어지는 것이었다.
그를 옆에 둔 상태로, 혼자 마음속으로 헤어지는 것이었다.
내 마음이 온전히 다 끝날 때까지.
사랑이 끝났어도 정마저 다 사라질 때까지.

그때 내겐 그것이 최선이었다.

내겐 최선이라고 생각했던 선택이 사실은 최악이었을까.
빈껍데기로 옆에 있으면서 마음을 정리해간 것이 잘못이었을까.
인생은 인과응보라고 결국 나는 벌을 받았다.

그때부터였을까

만난 지 한 5년쯤이었을까.
같이 알고 지내던 언니에게서 우리 둘은 동시에 질문을 받았다.

"근데 너희 오래 만났잖아. 결혼할 거지? 결혼은 언제 할 거야?"

서로 노력하는 시간이 줄어들기 시작했을 무렵이었는지, 질문을 들어도 우리 둘 다 꿀 먹은 벙어리처럼 아무런 말도 하지 않았다.
오래 만났기에 막연하게 서로의 미래에 함께하는 것이 익숙하면서도 한편으론 '서로 그러지 않을 수도 있겠구나.'라는 마음이 어렴풋이 있었는지도 모른다.

아무런 말이 없는 우리를 보고 언니는 민망해하며 '그래, 너희가 어련히 알아서 잘하겠지,' 라는 말로 분위기를 무마시키려 했지만, 그날 우리의 데이트는 꽝이었다.

언니와 헤어지고 나서 나는 다짜고짜 화를 냈었다.

왜 아무런 대답도 안 했느냐며 넌 나랑 결혼할 생각이 없느냐고 뻔뻔하게 따져 물었다.
나조차도 선불리 결혼하고 싶다는 이야기하지 않았으면서.

그 말을 들은 그가 말했다.

"너도 아무런 대답하지 않았잖아."

머리에 큰 충격을 받듯 쾅 무언가 내리쳤다.
그때부터였을까.
이미 다 식어버린 사랑을 한때 눈부시게 사랑했던 기억 몇 개만 가지고 겨우 버티는 게.
이미 끝났다는 걸 알면서도 서로 애써 모른 척하고 있었던 것은 아닐까.

그렇다면
그건 사랑이 아니었을까.

정이었을까.

미련이었을까.

웃지도
울 수도 없는

바닥에 떨어진 케이크를 주운 날로부터 10개월이란 시간이 지났다.
나는 결국 그에게 이별을 통보했고 우리는 헤어졌다.

그때는 한창 내가 나를 중요하게 여기던 시기였다.
사랑이 이렇게도 변할 수 있다는 것에 진절머리가 났던 나는 사랑을 하는 것 대신 나를 가꾸는 데 시간을 쏟아부었다. 일도 척척 자기계발도 척척 잘하는.
누가 봐도 부족함이 없는 사람이 되었다.
뭐, 마음까지 말끔해졌는지는 모르는 법이지만.

으레 그런 말이 있지 않은가.
남자가 사랑할 때 초반엔 다 줄 것처럼 불타오르지만 점점 시간이 지날수록 사랑해도 타오르던 불이 사그라지면서 원래의 자기 생활을 찾아 돌아가는 생물이 남자라고.

다 그런 게 아니라는 걸 알지만 그때의 내가 딱 그랬다. 헤어지기 전에 점차 연락과 만남을 줄여나갔고 앞으로 살아갈 미래의 나와 지금의 내가 중요했다. 내 삶에서 그를 배제하고선 그가 아닌 다른 여러 친구를 만났고 내 미래에 도움이 될 중요한 인간관계를 쌓아갔다. 서로에게 잔인한 시간을 보내고 나서야 그와 헤어졌다. 헤어진 후엔 다른 사람을 소개받기도 했었다. 다른 사람들이 쉽게 만나고 헤어지는 것처럼 그리고 또 다른 누군가를 또 만나는 것처럼.

한편으론 그게 우스웠다.
문득 부질없다는 생각이 들어서.
내 손으로 직접 시간과 공을 들여 만든 사랑이라는 방 한 칸이, 이별 후엔 내 손으로 그 모든 것을 뜯어내야만 한다는 것이 잔인하게 느껴졌다. 반짝이던 색은 탁하게 바래고 특별하다 여기던 것들이 아무런 힘도 가지지 못하게 됐을 때 나는 웃지도 울지도 못했다.

그냥 미친 건데 누군가는 그걸 사랑이라 부르네

이미 커다랗게 구멍이 생긴 마음엔 약 7년간의 습관을 대체해줄 누군가가 필요했다.
그와의 연애가 첫 연애는 아니었지만 그렇게 오래 만나고 미래의 우리 모습까지 당연했던 사람과 헤어지는 것은 처음이었다. 그 사람에겐 잘못된 방법이었겠지만 내겐 최선의 선택이었던 이별 방법도 처음해 보는 것이었다.

그래서였는지, 그는 이별을 받아들이지 못했다.
이미 오래전부터 마음먹었던 이별을 입 밖으로 꺼냈지만, 그는 평소와 같이 지나갈 일이라고 생각했었는지도 모른다.

이별의 이유를 말하지 않은 채 이미 끝난 마음으로 칼같이 돌아선 나와 달리
이별을 받아들이지 못한 그는 이사한 내 집에 매일 같이

찾아왔고 하루에도 전화는 수십 통을 하며 한 번만 만나달라며 애걸복걸하기 시작했다.

허탈함에 코웃음이 나왔다.
있을 때 잘하지.

그와 이별을 결심한 건 생일에 케이크를 던지며 싸웠던 그 날 때문만은 아니었다. 나와 그를 돌아보면 이유가 너무나도 많았다. 내 이별 방법의 행동을 정당화하는 것은 아니지만 그는 끊임없이 내게 거짓말했다. 당연시하던 순간들, 더는 서로에게서 노력도 기대도 하지 않는 날들, 내가 뒤로 밀려나는 게 익숙해졌던 일들, 그의 가족에게 당하던 시달림. 나는 그 사람에게 전형적인 호구였다. 초반에만 그러지 않았을 뿐, 어느 정도의 시간이 지나고 나서부터는 참는 것이 많아졌다. 만나는 동안 행복했던 순간을 꼽는 게 더 쉬울 정도로, 함께한 시간은 길었지만 사랑받았던 기억의 시간은 단출했다. 지속적으로 행복해야 하는데 행복했던 기억을 가지고 긴 시간을 버텨온 사람처럼. 그와 나의 관계는 돌이킬수록 문제점이 많았다.

그렇게 나는 이별했으나 그는 이별하지 못한 채로 많은 시간이 지났다.

그는 내가 어딜 가든 따라다녔고 바뀐 핸드폰 번호로도 수십 번의 전화가 왔었다.
여러 번의 번호를 바꿨음에도 마찬가지였다. 개인 SNS는 말할 것도 없이 무엇을 하든 지켜보고 있었고 새로운 남자친구를 만나는 것도 금방 알아차리더니 심지어 나를 찾아오기도 했었다.

그 두려움은 실제 겪은 사람이 아니라면 절대 알 수 없을 만큼 큰 트라우마로 남아있다.
매일 밤 비밀번호를 누르는 소리, 초인종을 누르는 소리, 노크 소리 때문에 노이로제가 걸렸고,
혼자 집에는 가지 못할 정도로 쇠약해져서 집을 놔두고도 집에 들어갈 수 없는 상황까지 왔었다. 당장 이사를 할 수도 없는 현실과 연락처를 계속 알려주는 사람이 누군지 모르기에 모든 사람을 의심할 수밖에 없었다. 결국 인간관계마저 엉망이 되어버렸고 일상생활이 어려울 정도였다.

그런 상황이었음에도 불구하고 그때 만나던 남자친구에겐 괜찮은 척을 했다. 장거리 연애였기에 내가 그를 필요로 할 때, 당장 내게 달려와 줄 수 없다는 현실을 알았고, 누구를 만나도 기댈 줄 몰랐던 사람이었기에 밤늦게 전화하는 것으로 만족해야만 했었다. 전화하는 도중이

라도 노크와 초인종 소리가 들리면 집에서 가장 안쪽인 화장실 문을 걸어놓고 불도 못 켠 채 숨죽이며 괜찮은 척을 했었다.

사실 전혀 괜찮지 않았다.
애써 괜찮다고 자신을 다잡아도 괜찮아질 리가 없었다.
그로부터 오랜 시간이 지나 이 글을 적는 지금까지도 여전히 도어락, 노크, 벨 소리가 무서우니 말이다.

이별을 받아들이지 못해 스토킹으로 변질한 것을 본 나는 그가 한 행동은 결코 사랑이 아니라 말하고 싶다.

그건 미친 거지.
절대 사랑이 될 수 없다.

그래서
헤어진 거야

그와 헤어진 지 얼마 되지 않았을 무렵 스토킹으로 변질하기 전이었다. 그는 내게 반드시 돌려줄 물건이 있다며 제발 한 번만 만나 달라고 한 적이 있었다. 필요 없고 돌려주지 않아도 좋으니 제발 다 버리고 연락하지 말아 달라고 했으나 꼭 돌려줘야 한다는 이야기 한 통에 마음이 약해진 적이 있었다.

그는 자신의 집에 있던 별것 아닌 내 짐들과 한 쇼핑백을 건넸다.
쇼핑백은 준 명품의 로고였는데 헤어지기 전에 그의 어머니께 선물했던 것과 같은 브랜드였다. 그때 선물해드린 걸 돌려주러 온 건가 싶어서 기분이 확 상했다. 이제 와서 뭘 어쩌자는 건지. 분노에 휩싸여 확 받아 들고 그곳을 벗어나 집으로 돌아왔다.

아무렇게나 한쪽에 던져두고 친구들과 약속이 잡혀있었기에 나가는 길에 받아온 것들을 버리려고 확인했는데 그 쇼핑백에는 처음 보는 명품백이 들어있었다.

가방을 보자마자 화가 치밀어 올랐다. 편지에는 마지막으로 내 생일을 축하하고 싶어서 전부터 가지고 싶다고 말했던 가방을 선물해주고 싶었다는 구구절절한 말이 적혀있었는데 내가 화난 것은 따로 있었다. 그와 헤어질 것조차 몰랐던 시절부터 가지고 싶다고 노래를 불렀던 가방이 있었다. 그와 그의 가족들에게 온갖 것을 다 선물했던 나는, 그가 부담되지 않을 정도의 가격인 준 명품 가방을 가지고 싶다고 이야기한 적이 있었다. 실제로 매장에 찾아가 본 적도 있을 정도로 명확하게 여러 번 그 디자인을 콕 짚어 이야기했었다. 내가 사도 되는 물건이었지만 몇 년간 선물이 뜸했던 그에게 기념일 전에 귀띔을 해준 것이었다. 하지만 쇼핑백에서 나온 가방은 내가 갖고 싶어 했던 가방의 디자인이 아니었다.

그는 내가 무엇을 원하는지, 무엇을 좋아하는지 전혀 알지 않았다는 사실이 더 큰 분노를 데려왔다.
끊임없이 알려주었던, 알 수 있었던 수많은 순간을 그는 철저하게 무시해 왔고 알려 하지도 않았다는 사실을 한 번 더 확인 사살한 것이다.

그에게 꺼냈던 가방 이야기는 진짜 가방을 갖고 싶어서가 아니었다. 내가 진짜로 원했던 것은 그저 전처럼 내게 관심을 갖고 내 말에 귀를 기울여달라는 말이었다.

데이트 도중 '와, 저 머리띠 예쁘다.'라는 지나가는 말 한마디에 잠깐 사라졌다 선물해줬던 그 순간이 그리웠던 것인데.
그는 끝까지 나를 바보로 만들었다.
이제 와, 이런 게 다 무슨 소용인가.
이미 다 끝나버린 지 오래인데.

시간은 쓰는 자의 몫이다.
주어진 시간을 어떻게 쓰느냐에 따라 엔딩은 달라진다.
줍지 않고 흘러가게 내버려 둔 시간은 간절하게 빌어도 돌아갈 수 없다.

당신이 나를 몰랐기에, 알려고도 하지 않았기에.
아니. 알려줘도 들으려고 하지 않았기에.

우리는 그래서 헤어진 것이다.

나는 위로가
필요했다

새로운 연애는 끔찍한 과거를 치워버리듯 뒤로 밀어둔 채 시작했다.
그래서인지 지난 사람으로 인한 트라우마와 고통 때문에 현재에 집중하고 싶어도 어려웠다. 그냥 빨리 누군가를 만나 지금을 벗어나고 싶다는 생각이 간절하면서도 동시에 다시 새로운 사랑을 하기엔 나는 엉망진창인 사람이 아닐까 생각했었다.

'새로운 시작이 지난번과 같으면 어쩌지?'
'모든 게 다 내 탓이라면 어쩌지?'
생각하지 않아도 될 생각들이 나를 구렁텅이로 몰아가 자존감이 바닥까지 치닫게 되었다.

지난 연애의 끝이 좋지 않았기에 누구를 만나도 숨기기 바빴고 오랜 연애를 하고 헤어진 사람을 부담스러워하는 경우도 많았다. 나조차도 스스로가 과거의 굴레에 발목 잡혀 마치 내가 흰 종이가 아닌 오염 있는 더러운 종이라는 바보 같은 생각을 하기도 했었다.

그런 생각이 잘못됐다는 걸 이제는 알지만, 그때는 그랬다.

뭐든 처음 경험하는 건 누구나 서툰 법이니까.
많은 상황이 처음이었기에 대처 방법도 몰랐을뿐더러, 주변 상황들에 휩싸여 스스로가 점점 작아지곤 했다.

새로 만나는 사람에게 마음을 뺏겼던 가장 큰 이유는 내게 건넨 위로 한마디 때문이었다. 그동안 겪었던 일을 하나둘씩 이야기를 하니 그는 이렇게 말했다.

"많이 힘들었었겠네요.."

그가 직접 겪은 경험이 아니기에 다 알 수는 없겠지만 그 말만큼은 한없이 다정했다. 지난 연애를 하면서 힘들다는 소리 한 번을 하지 않았던 내게 누군가가 내 힘듦을 알아주고 공감해주는 것만으로도 나는 마음을 뺏기기엔 충분했다.

돌이켜보면 홀로 버틴 힘든 시간 동안 나는 어디로든 도망치고 싶어 했다.

나는 위로가 필요했다.

그래, 나는 위로가 필요했다.

사랑의 종류 중
하나쯤은

내가 선택한 도피처가 그의 옆이었지만 애석하게도 그는 사랑을 모르던 사람이었다.
정확하게는 사랑하지만, 자신이 사랑을 하고 있다는 것을 모르던 사람.

그는 내게 사랑이 무엇인지 모르겠다고 말했었다. 빈말도 하지 않는 정확한 사람이기에 무엇인지도 모르는 사랑을 내뱉지 않는 사람이었다. 그런 정확함이 나를 아프게 했다. 그러면서도 함께하는 시간이 길어질수록 사랑이 무엇인지 모르겠다던 그는, 사랑을 말로 하지 않았지만 모든 행동엔 나를 향한 사랑이 담겨 있었다.

그를 만나면서 깨달은 것이 있다면 서로 생각하는 사랑의 종류와 정도의 차이가 다를 수도 있다는 것. 그리고 그도 세상에 사랑이라 불리는 다양한 사랑 중 하나쯤으로 나를 사랑했다는 것이다.
그는 자신도 모르는 사이에 나를 사랑하고 있었다.

자세히 들여다봐야 알 수 있는.

그는 말이 아닌 행동으로 사랑을 표현하던 사람이기에 때때로 뜬금없었고 자세히 들여다봐야 알 수 있는 사랑이 많았다.

그의 사랑은 이러했다.
집 베란다 전등이 나가 전구를 갈아야 했었는데 흘러가던 그 말을 듣고 그는 다음날 전구를 갈아주겠다며 그 김에 얼굴을 본다던 사람이었다. 길거리를 지나다니며 내가 좋아하는 노래가 흘러나오면 나보다 먼저 반응하며 내가 좋아하는 노래 나온다고 노래가 끝날 때까지 그 자리에서 기다려주거나, 혼자 사는 내가 먹고 싶다던 음식이 있으면 시장에서 장을 봐와 요리해주던 사람이었다.

한 번은 약속 시각보다 시간이 남아, 밤마다 트라우마로 잠을 자기가 어려웠던 나는 그에게 기대 잠시 자야겠다며 눈을 감았다. 그날따라 커튼 사이로 들어오는 햇빛이 얼마나 눈이 부시던지, 감은 눈 위로 밝기가 다 보일 정도였다. 자기는 글렀다며 생각한 찰나, 감은 눈꺼풀 위로

그늘이 쳐졌다. 갑자기 어두워져 좋으면서도 궁금해진 나는 잠시 눈을 떴고, 내 눈앞에는 그의 손이 있었다. 자는 내 눈이 부실까, 그는 손으로 그늘막을 쳐준 것이다.

그런 사람을 어떻게 사랑하지 않을 수 있을까.

그래, 사랑한다는 말을 듣지 못하면 좀 어떠랴.
본인만 모른 채 이렇게 온몸으로 내게 사랑한다 말하는데.
그런 사소한 다정함과 사랑표현이 좋았다.

당연시 여겨 헤어진 지난날을 보상해주듯, 그는 작은 것 하나도 당연시하지 않았으며 허투루 지나가는 법이 없었다. 그는 사소한 게 가장 중요한 사람이었다. 그래서 그에게 사랑에 빠질 수밖에 없었고 훗날 그와 이별했음에도 그의 사소함을 따라 하는 좋은 습관이 내 몸에 새겨졌다.

아주 작은 것도 자세히 들여다볼 줄 아는 습관.
겉과 속이 다를 수 있으니 기다릴 수 있는 인내심.
작은 행동, 말투에 그 사람의 진심이 있다는 걸 관찰하고 발견하는 능력.
사소한 게 가장 중요한 것이라고 늘 명심하고 다니는 자세.
당연시하지 않는 태도.

결국 그와 헤어졌지만 그는 내 인생을 바꾼 아주 고마운 사람으로 남아있다.
그를 사랑하는 동안 그는 행동으로 내게 끊임없이 말했다.

나도 이런 사랑받을 수 있는 사람이라고.

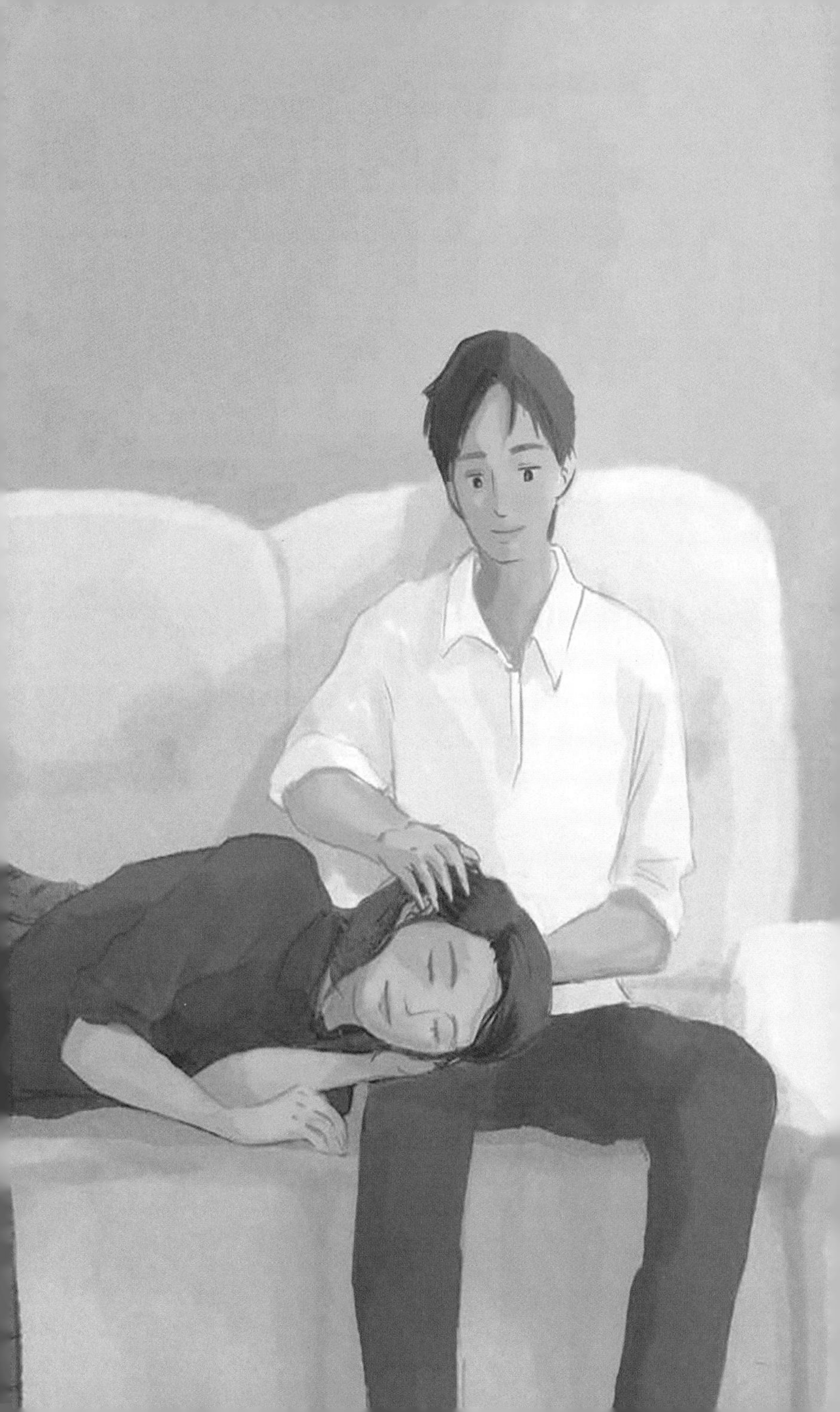

그런
이별

사소함을 알려주던 그와 이별했을 때에는, 이별 그대로 받아들이기가 쉽지 않았다.
그때 내 상황은 이러했다. 키우던 반려동물의 죽음, 가족의 부재, 경제력, 회사에서 직장 상사와의 갈등, 지속되는 스토킹과 내가 사랑하는 사람들에 대한 그리움으로 몸도 마음도 지쳐있었다.
그 시기에 그는 남들보다 늦은 나이로 군대에 가야만 했다.
아무도 내 곁에 있어 줄 수가 없었다.

그날은 회사에서 직장 상사에게 한참 깨지고 퇴근하던 버스 안이었다. 모르는 번호로 전화가 왔고 문득 불안했지만, 그 일 거라는 느낌에 전화를 받았다. 직감이 맞았다. 그는 내게 이별을 통보했다. 전화가 끊긴 뒤론 뮤직비디오에 나올 법한 비련의 여주인공처럼 펑펑 울었다.

모두가 나를 쳐다보지만 아무도 내게 뭐라 하는 사람이 없었다. 하염없이 우는 내게 슬픈 일이 있을 거라고 생각했는지 다들 암묵적으로 침묵을 지켰고 그 침묵은 내 울음소리를 더 크게 만들었다.

이별을 받아들일 수 없던 나는 밤새 울다 지쳐 잠이 들었고 다시 만나자는 말을 하는 꿈을 꾸었다. 다음날 꿈에서 깨어난 나는 철저한 현실 속에서 할 수 있는 것이라곤 우는 것뿐이었다. 고개를 돌려봐도 온 집안이 그의 흔적 투성이었다. 눈을 뜨면 바로 보이는 벽면에 걸려 있는 우리 사진, 씻으려고 들어간 샤워실에 함께 놓여 있는 칫솔, 빨래하려고 본 건조대에 필요할 거라며 잔뜩 챙겨준 옷걸이.

그 말도 안 되는, 아무것도 아닌 것들이 나를 울렸다.

충격이 컸던 나는 그와 헤어지고 나서 약 1년 동안 나는 그 누구도 만나지 않았다.
이별 후유증은 그렇게 컸다. 누군가를 사랑하고 나서의 고통이란 이런 게 아닐까. 이별에도 시간이 필요하다는 말과 역지사지를 생각하며 지난 나날들의 나를 돌이켜 보고 홀로 서려 노력했었다.

스토킹을 당한 피해가 있었기에 그의 집에 부러 찾지도, 찾아가지도 않았다. 그리고 그가 군대에 있었기에 찾아갈 수도 없었지만, 만약 내가 그런 행동을 한다면 그 사람은 힘들어할 테니까. 철저하게 혼자 이별을 삭혔다. 원망도 해봤다. 그만큼 날 사랑하지 않았기에 헤어진 거라고 그의 탓도 해보았다. 하지만 그런다고 해서 사랑이 다 지워지진 않았다. 원치 않은 이별을 하면 이렇게 다 하지 못한 남은 마음이 남나 보다. 남은 걸 넘어서 흘러넘치는 마음은 주인을 잃은 채 내 방에 쌓여만 갔다.

문득 그런 생각이 들었다. 다음에 누군가가 또 올까. 다음에 온 사람을 이만큼 사랑할 순 있을까. 그를 이렇게 사랑하는데 내가 과연 그를 잊고 다른 사람을 사랑할 수 있을까.
다시 사랑할 수 있을까.

단지 운이 좋지
않았을 뿐이다

그와 헤어지고 나서 시간이 흘러 누군가를 만나도 전처럼 사랑하긴 어려웠다. 그와 자꾸 비교했고 그에 미치지 못하면 속으로 탓하기도 했다.
못난 짓이었다. 내 마음이 가지 않는 걸 나를 좋아해 준다는 이유만으로 상대방을 깎아내리다니. 최악이었다. 남들이 흔히 말하는 똥차가 그때 나였다. 겉만 멀쩡하고 지난 사랑을 제대로 끝내지 못해서 누가 타도 앞으로 나아갈 생각이 없는 차.

그 사람을 잊기 위해 닥치는 대로 만나보기도 하고 정신 차리고 제대로 만나보려고 노력도 해봤다. 정신 차릴 때쯤 만난 사람들이 있었는데, 어떻게 된 일인지 짧은 기간에 했던 두 연애 모두 바람이 났고 나는 연달아 바람을 맞았다.

몇 번의 연애와 이별을 반복하면서 진절머리가 나 있었던 나는 나에게 문제가 있는 거라며 내 탓을 하기 시작했다.
'내가 이렇게 똥차에, 사람들에게 못하니까, 쓰레기가 들어오는구나.'
연달아 바람을 맞으니 그 원인이 내게 있을 거라고, 그들이 잘못한 일을 나는 내게 덤터기 씌웠다. 그러면서도 그 사실이 너무 싫어서. 나는 내가 똥차와 쓰레기라는 생각에 벗어나려 아등바등 몸부림을 치며 아무나 만나지 않겠다고 다짐했다.

바람맞은 지 얼마 되지 않았을 무렵 친한 언니와의 술자리에서 두 번이나 바람맞았다며 도대체 내 연애는 왜 이런 거냐며 푸념을 했다. 왜 내가 좋아하는 사람은 나를 떠나가고 나를 좋아해 주는 사람에겐 마음이 가지 않거나 결국 대부분 나를 이용할 뿐이냐고. 내가 쓰레기에 똥차라 그런 거냐고. 마음 다잡고 잘해보려 하는데 내겐 이런 일만 일어난다고. 내 연애가, 내가 잘못된 것이냐고 질문을 가득 날렸다.

푸념을 들은 언니가 내게 했던 말이 아직도 기억에 남는다.

"단지 네가 운이 좀 좋지 않았을 뿐이야. 사람이 힘든 시기는 누구에게나 찾아오는데, 나쁜 마음을 먹은 사람이 약한 사람에게 들러붙은 거지, 네가 똥차거나 쓰레기라고 말하면서 자학할 필요 없어. 그냥 운이 좀 좋지 않았을 뿐이지, 너는 좋은 사람이야."

그 말이 어찌나 위로되던지.

자기도 그럴 때가 있었다며 굳이 그런 일과 그런 사람 때문에 자존감 낮아질 필요 없다며 이야기를 해주는 언니에게 무척 고마웠다.

언니의 말이 맞았다.
상대방이 바람을 피우거나 내게 피해를 준다면 그건 내가 상대방과 똑같은 사람이라서가 아니라 단지 운이 좀 좋지 않았을 뿐이다. 단지 운이 좋지 못해 일어난 일을, 그 원인을 내게서 찾을 필요는 없었다.

결혼이 무서워서
난 비혼주의자야

한때는 결혼에 대한 크나큰 꿈이 있었다.
부모님이 이혼하시고부터 아빠와 엄마, 두 분이 다 계시는 가정을 꿈꿔온 내겐 일찍 결혼하고 싶다는 생각이 강했지만 현실은 완전히 달랐다. 연애만 해도 내 마음처럼 되지 않는데 결혼이라니. 스토킹범이 된 사람과 그 사람의 가족들이 나를 괴롭히면서부터 내게 결혼은 돌멩이를 맞은 유리처럼 와장창 깨져버린 지 오래였다. 그저 막연함만 가지고 있었다. 하고 싶지만, 과연 내가 할 수 있겠냐는 막연함.
당장 내 앞길이 구만리에, 끔찍한 현실을 겪은 나로서는 환상에 빠져 현실을 외면할 여유 같은 건 없었다.

그런 상황에서 만나게 된 사람이 있었다. 그는 나와 동갑이었는데, 내가 다시 결혼을 꿈 꿀 수 있도록 만들어 준 사람이었다. 연애를 시작한 지 얼마 되지 않았을 무렵, 대화를 나누다 결혼이 무섭다며 솔직하게 말을 하는 내게 그가 대답했다.

"네가 무섭다면 결혼 안 해도 괜찮아. 이야기 들으면 나도 충분히 무서울 만하니까. 근데 내가 어디서 본 말인데 여자가 살면서 가장 아름다운 순간이 결혼식 날 웨딩드레스 입은 모습이래. 강요하거나 그런 말이 아니라 그냥 그렇다고."

그가 한 말은 지금, 이 순간을 모면하거나 나의 환심을 사기 위한 뻔한 말들이 아니었다. 많은 사람을 만났고 똑같은 주제로 이야기를 했지만 그와 같이 말하는 사람은 그뿐이었다.

'괜찮아, 나도 비혼주의자야.'라고 말하고 나중에 말이 달라지는 사람도 아니었고
'아니, 난 결혼하고 싶은데 나랑은 할 거지?' 등의 말 같지도 않은 말을 하지도 않았다.
그건 강요도, 억지를 부린 말도 아니었다.

내가 물었다.

“예쁠까? 그때의 난 엄청 행복할까?”

그가 대답했다.

“꽃집에서 여자 친구에게 줄 꽃을 사려고 쭈뼛거리는 남자보다 더 예쁠걸.”

“엄청 예쁘다는 거네.”

“지금도 넌 예뻐.”

그의 말에 아무도 모르게 몰래 혼자 꺼내 상상해보았던 웨딩드레스 입은 나를 마음껏 펼쳐놓았다. 상상 속에 웨딩드레스를 입은 나는, 결혼식을 하는 나는, 무척 예쁘고 행복해 보였다.

모양이 없는 사람과 모양이 있는 사람

내게 예쁜 말을 해주던 사람은 나와 닮은 점이 많았다. 둘 다 잠을 잘 자지 못했고 약 없이도 잠들기 위해 장거리 연애로 떨어져 있어도 서로 전화 통화한 상태로 잠들곤 했었다. 그러면 떨어져 있어도 함께 하는 기분이었으니까.

그를 만나기 전에 많은 사람을 만나고 스쳐 지나가며 사람과 사람 사이에 관계를 중요시하게 된 나는 옷깃만 스쳐도 인연이라는 말을 좋아했다. 그래서 그는 내가 신기했다고 말했다. 자신은 세렌디피티라는 말을 좋아하는데 의도하지 않은 발견, 뜻밖의 행운이라는 뜻이라며 알려주며 풀어서 말하면 옷깃만 스쳐도 인연이라고. 자신의 세렌디피티가 나이길 바란다며 그는 신이 나서 말했고, 기분이 좋을 땐 배가 간질거려서 마치 배 위에 나비가 날아다니는 것 같다고 말했다.

그런 독특한 사랑 표현을 하는 그를 사랑했다.

서로 연락도 자주 했고 일이 바쁜 시간 동안 잠깐을 제외하면 그와 연락이 끊길 일도 없었다.
서로 연락이 잘돼서 좋다던 우리도, 닮은 점이 많았어도 그만큼 다른 점도 많았다.

어쩌면 그것이 이별의 이유였을지도 모른다.

나는 모양이 없는 사람이었다.
지난 연애들로 마음이 다져진 부분은 있어도 스토킹이란 트라우마에 휩싸여 모양을 만들지 않았다. 겉만 멀쩡한 깡통 같았다. 두려움에 집을 가르쳐주지도 않을뿐더러, 누군가에게 지속해서 CCTV 촬영하듯 시시각각 나를 이야기하는 것을 버거워했다. 지난 연애로 인해 집착도 구속도 없어진 나는 연인관계에서 테두리가 없는 사람이었다. 테두리가 존재하지 않아, 웬만하면 많은 것을 이해하려는 겉만 멀쩡한, 자유분방한 스타일이었지만 조금이라도 내가 압박감이 들면 공황장애와 과호흡이 왔다.
마치 고장 난 사람처럼.
모양이 없어서 늘 다른, 불안정한 사람이었다.

그런 나와 다르게 그는 모양과 테두리가 있는 사람이었다. 그럼에도 불구하고 나를 사랑한다는 이유만으로, 그런 나를 안다는 이유만으로 그는 많은 것들을 포기했다. 나를 가두려 하지도 바꾸려 하지도 않았다. 그럴수록 나는 마음이 조급했고 괴로웠다. 마찬가지로 나도 그를 이해하고 노력했지만 시간이 지날수록 나는 우리가 걷는 이 길은 같은 길이 아니라는 걸 알게 됐다. 우리는 우리라는 이름에 가깝지만 동시에 보이지 않는 선과 벽이 있어 멀게만 느껴지기도 했었다. 함께 손을 잡고 걸어간다고 생각했지만 그건 내 바람이었다. 돌이켜 생각하면 우리는 좁혀지지 않는 평행선 걷는 불안한 관계였다.

많은 걸 열었어도 꽉 닫혀 열리지 않는 마음이 존재하니, 그도 나도 마음처럼 되지 않는 순간들이 쌓이면서 지쳐만 갔다.

나는 또 이별을 맞이했다.
만나면서 헤어진 일은 이미 그전에도 많았지만 그와의 이별을 처음 맞는 내겐 또 다른 새로운 이별이었다.
매번 하는 것이 이별이라지만 겪고 겪어도 도저히 익숙해지지 않는 게 이별이었다.

2부

나비는 스스로 만든 번데기를
벗어야 세상에 나올수있다

현실을
자각하다

만남과 이별에 지친 나는 백기를 들며 항복을 외쳤다. 소중한 사람이 생길 것 같으면 우리는 연애 말고 친구하자며 선을 그었고 소중한 마음이 생겨도 티 내지도 입 밖으로 꺼내지도 않았다.

더 가까운 사이가 되어 우리로 만나게 되더라도 언젠가 헤어지면 남보다 못한 사이가 돼버리는 게 싫었다.

전에는 이러한 생각을 말하는 사람들이 겁쟁이 같다며 코웃음 쳤다. 이별이 두려워 일생일대 단 한 명일지도 모르는 사람을 마다하냐며, 사랑은 원래 전쟁과 쟁취라고, 가만히 아무것도 하지 않는 자에게 무언가 떨어지진 않는다며 내 주장을 펼치기 바빴다. 그렇게 관계와 만남에 열정적으로 에너지를 쏟았던 때가 있었다.

의자에 앉아 생각에 글을 적는 지금은 그마저도 다 한때일지도 모른다는 생각이 든다.

지금의 내 인간관계가 아주 작고 좁은 것처럼,
어느 순간에 도달하게 되면 더는 새로운 인연을 만들고 싶지도 않고, 만든다고 하더라도 노력하고 싶지도 않게 되는 시기가 오기 마련이다.

아마 만남도, 이별도 지쳤던 거겠지.

주변 지인들의 이야기만 들어봐도 나와 같은 현상의 사람을 심심치 않게 볼 수 있다. 그들과 내가 말하는 공통점도.

"내가 하고 싶은 건 진짜 사랑인데, 순간이 아니라 몇 번이고 똑같은 계절을 함께 걸을 수 있는 사람. 이제는 감정 낭비가 아닌 이별 없는 사람을 만나고 싶은 건데. 그게 그렇게 어렵다."

지금을 우리는 백 세, 백이십 세 시대라고 부른다. 그럼에도 불구하고 고작 20-30대에 가장 많은 사랑을 한다. 왜 우리는 이렇게 빨리 사랑을 갈구하는 것일까.

뻔한 만남과 뻔한 연애가 아닌.
언젠가 헤어질 사람이 아닌.
나와 함께 매 계절을 산책할 사람을 만나고 싶다.
이런 생각은 반복되는 만남과 이별 속에 어차피 언젠가 헤어질 사람에게 감정 낭비 하느니 정착하고 싶다는 마음이 강해서일 것이다.

우리가 바라는 사랑은 잘못된 미디어 속 환상일 뿐인 걸까. 아니면 존재하지만, 아직 내겐 때가 아닌 걸까. 오만 가지 생각이 나를 스쳐 지나갔지만 반복적으로 드는 생각이 나를 붙잡았다.

나는 사랑 받고 싶다.
나는 사랑 하고 싶다.
나는 사랑 없인 살 수 없다.

찌질이의
역사

이별을 통보 받을 때면 대게 반응은 두 가지로 나뉘었다. 아직 내 사랑은 끝나지 않았기에 울며 매달리거나 쿨하게 받아들이자 해놓고 찌질하게 그건 사랑이 아니었다며 치부하거나,. 아니면 그렇게 믿고 싶어서 남들에게 나도 상대방이 별로였다는 뒷얘기나 하는 진짜 구질구질했던 반응이 있었다.

별로였던 사람에게 이별을 통보 받을 때면 자존심이 상했다.
고작 그런 사람에게 이별을 통보 받은 것이, 고작 그런 사람을 골라 만난 내가.
'고작'이라는 말도 웃겼다. 어쩌면 누군가에겐 나도 '고작 그런 사람'일지도 모를 만큼 대단한 사람이 아니었기에.

긴 시간이 지나도 고개를 내저을 만큼 끔찍하게 싫거나 기억에조차 남지 않는 사람들도 있었지만 그들 모두 누군가에겐 소중한 사람이었다. 물론 회생 불가할 정도의 인간 같지도 않은 쓰레기도 있었지만 그것은 인과응보가 해결해주리라 믿는다.

고작 그런 사람이라고 그들을 부르며 나는 그렇게라도 상대를 깎아내려, 상처 난 내 자존심을 회복하려 애썼다. 사실 난 자존심보단 마음이 다쳤다는 걸 이제는 안다. 대부분은 그들이 먼저 내게 사랑을 고백했고 그럼에도 불구하고 먼저 나를 떠났다는 사실이. 아무리 튼튼한 갑옷을 입어도 한자리에 쌓이듯 난 상처는, 자국이 남기 마련이듯. 갑옷 사이로 살이 벌어지고 피가 나기도 하는 것이 사람 마음이다. 그들에게서 나는 사람 간의 배신감을 느꼈다.
그래서 너는 조금의 사랑도 아니었다고, 진짜 사랑이었다면 나는 더 아팠을 거라며 자신을 위로했다. 누구에게나 찌질했던 역사가 있다. 지금이 그 순간일지도 모르지만 그들이 내게 한 말과 행동은 사람과 사람 사이의 배신이었다. 그렇기에 나는 나를 지키기 위한 최선의 방법을 썼을지도 모른다.

너는 사랑이 아니었다고.

첫사랑

아무것도 모르고 그저 좋아할 줄만 알았던 학생이던 때였다.
그날은 약속 장소까지 걸어가기보단 버스를 타고 싶었다. 정류장에 앉아 버스를 기다리니 잠시 후, 내가 탈 711번 버스가 정류장에 섰다. 버스가 도착하자마자 어디서 누군가 내 이름을 크게 부르는 소리가 났고 두리번거리다 너와 눈이 마주쳤다.
너는 이미 버스에 타 있었고 놀란 나를 보며 너는 소리쳤다.

"우린 운명이야!"

대뜸 나를 쳐다보며 소리치는 너의 말을 듣고 나는 웃음이 터졌다.
같은 버스를 탈 줄 몰랐다는 듯, 기뻐 죽겠다는 너의 얼굴을 보고 도저히 웃지 않고 버틸 수 없었으니까.
버스에 올라타 어떻게 된 일이냐고 묻는 내게 너는 대답했다.

“그냥! 어쩐지 오늘은 이 버스를 타고 싶더라고. 혹시 내가 이 버스를 타면 가는 길에 만나지 않을까 해서, 만약 만나지 못해도 약속 장소로 얼른 가면 되니까.”

그런 네가 너무 신기하고 귀여워서 웃음이 마구 쏟아졌다. 휴대폰도 고장 나서 연락되지 않는 너는, 메신저로 약속 장소와 시간을 정하고 만나는 아날로그 방식이 마냥 설렜나 보다.

너희 동네로는 가지 않는 711번 버스를 타기 위해 너는 얼마만큼의 시간을 셌을까.
이 버스를 타기 위해 너는 약속 시각보다 얼마나 더 일찍 준비하고 나왔을까.
엇갈릴 수도 있는 수많은 순간을, 기다리다 어긋나면 약속 장소로 달려가면 된다는 너의 무모함이 나를 행복하게 만들었다.

그 이후로도 계속 시답잖은 일들로 운명과 연관 지으며 외치던 너는, 그 모습 그대로 내 기억 속에 711번 버스로 남아있다.

너는 내 첫사랑이었을까.

SHOW ME THE

사랑을 듬뿍 받고
자란 유년 시절이기를

내게 사소함을 가르쳐준 사람을 만나고 난 후론 누군가를 만날 때마다 작은 제스처부터 목소리의 높낮이까지 다 보이기 시작했다. 어떤 사람은 사랑을 듬뿍 받고 자란 티가 났고 어떤 사람은 사랑을 받지 못하고 자란 티가 났다.

사랑을 받지 못하고 자란 티가 난다는 말 자체가 부정적으로 보일 수 있지만 그런 사람들은 자신의 상황을 알기에 오히려 더 신중했다. 사랑을 시작도 하기 전에 누군가가 떠날 거라며 지레 겁을 먹었지만 마음을 주고받은 이가 언젠가 떠난다는 사실은 힘든 일이라는 걸 알기에 고슴도치처럼 속살과 다르게 가시를 세웠다.

사실 사랑을 받고 자라지 못한 사람은 나였다. 나도 모르는 사이에 그런 모습이 흘러나왔는지, 20대 초반에

아르바이트했던 때가 있었다. 그때 그곳은 부부가 운영하는 곳이었는데, 여자 사장님은 늘 나를 하나라도 더 챙겨주려 하셨고 속 깊은 이야기까지 나누는 어른이셨다. 어느 날은 내 가정사를 이야기하니 이미 알고 계셨다는 말씀을 하신 적이 있다.

그때 난 그 사실이 창피하게 느껴졌다.
내가 편부모 가정이라는 것과 사람과 사랑, 관계에 있어 서툰 모습이 겉으로 드러난다는 누군가의 솔직한 답변을 들은 내 입장은 도망치고 싶었다. 후로는 사랑을 듬뿍 받고 자란 사람처럼 행동했었다. 거짓말을 하는 게 아니라 좋았던 기억만 극대화해 이야기하는 방식으로. 그때 나에겐 사람들의 시선이 중요했다.

그러다 응답하라 1988 드라마를 보게 되었을 때 나는 볼 때마다 울었다. 덕선이 아버지 역할을 맡으신 성동일 아저씨가 나의 아빠처럼 화통하면서 본인의 힘듦에 묵묵하신 분이었기에 보라가 결혼하는 장면에선 목놓아 울었다.

그 드라마를 보다가 깨달았다. 나는 사랑 받지 못하고 자란 사람이 아니었다는 것을. 그저 내가 보려 하지 않았을 뿐. 한때는 계속 사랑이 어긋나는 이유가 어릴 때 받지 못했기 때문이라며 가족을 원망하기도 했었다.

그것이 잘못된 생각이라는 것 역시 드라마 덕분이었다. 아빠는 나를 쭉 사랑해왔다. 내가 나와 다른 것에 눈이 멀어 묵묵히 뒤에서 지켜주던 아빠를 지웠던 사실을 늦게 안 것이다.

아빠도 아빠와 부모가 처음이었고 아빠는 아빠 나름의 최선을 다하셨다. 굶기지 않으려, 남에게 뒤처져 보이지 않게 하려, 자신의 신발과 옷에 다 해져가도, 때 되면 나와 동생 옷을 사주셨고 그것을 묵묵히 감내하셨다. 그것은 당연한 것은 아니었다. 우리 모두 사람이기에 욕심은 누구나 갖고 있지 않은가. 그 욕심마저 아빠는 아빠라는 이유만으로 많은 걸 참고 포기해왔다.

나를 위한 사랑은 어디에서나 늘 존재했다. 내가 외면했던 사랑은 바로 내 옆에 있었다.

세월이
사랑을 데려가나

뽀얀 먼지가 내려앉은 책장에는 세월이 담겨있다.

책을 좋아하는 나를 위해 아빠는 직접 책장을 만들어주셨다. 그날이 아직도 기억난다. 아빠 친구분들도 모여다 함께 톱질을 했고 직접 디자인하신 그림들과 혹여나 내가 다치지 않게 무수히 사포질하셨던 모습들.

잔뜩 신이 나 뛰어다니는 나의 머리를 쓰다듬으며 아빠 친구분은 말씀하셨다.

"아빠가 딸을 얼마나 사랑하면 직접 책장을 만들겠어. 아빠는 너를 얼마나 사랑하는 건지 알겠어? 아저씨도 부러워서 딸 갖고 싶다야."

내가 책을 좋아한다는 이유만으로 아빠가 직접 책장을 만들어줬다는 사실이. 어린 가슴을 벅차오르게 했다. 나는 한동안은 책장에 올라가 놀고, 책장에 올라가 눕고, 책장에 기대 행복해했다.
키가 자라, 아빠와의 마음 거리가 멀어졌던 날, 아빠가 만든 지 오래된 책장은 점점 기울어지고 부서져 갔다. 그 모습이 꼭 지금의 아빠와 내 사이인 것만 같아 슬펐다. 그날 나는 책장에 기대 울음을 토했다.

세월이 사랑을 데려가나, 낡고 오래되어 다들 고장 나고 녹슬어만 가나. 그저 야속하기만 하다. 이미 갈라져 부러진 나무는 벌어진 틈을 아등바등 버티고 있다. 가까운 사이가 멀어지는 건 한순간이고, 가까울수록 하지 못한 맺힌 말이 많아 감정의 골은 깊이를 더했다. 새것과도 같을 순 없더라도 다시 그때로 돌아갈 순 없을까. 다시 그때처럼 세상에서 가장 사랑하는 사람을 두 우주에 담은 듯 사랑할 순 없을까. 어렵기만 한 게 가족 사이라지만 못 이기는 척 눈감고 서로를 안을 순 없을까.

책장이 내게 그렇게 말하고 있었다.

못 이기는 척 먼지를 닦아본다.

밥
먹었어?

때론 백 마디 말보다 눈빛과 마음만으로 큰 위로를 받을 때가 있다. 무엇을 물어볼지 두려워 큰 용기를 내어 마주했음에도 자꾸 도망치려 하는 나는, 비밀을 안고 아빠를 마주하는 것이 무척 힘들었다. 사랑하는 사람이라 더 그랬으리라. 혼자 온갖 생각을 하는 내게 아빠는 아무것도 묻지 않았다. 그저 밥은 먹었냐는 질문뿐이었다. 그 말은 내게 아무것도 묻지 않을 테니 다 괜찮다는, 걱정하지 말라는 말과 같았다.

인생은
타이밍이다

타이밍이 맞지 않아 끊어지거나, 끊어버린 인연이 있다면 그건 상대에게도 본인에게도 매우 서글픈 일일 것이다.

한 겨울날 친한 언니네 집에서 술을 마시던 중 언니는 자신의 연애가 끝났다며 이야기를 꺼냈다. 이유를 물으니 나이 차이와 타이밍이 맞지 않아서, 서로 보는 방향이 다르기 때문이라고 말했다.
그러면서 언니는 화장대 의자에 고이 넣어둔 편지를 보여주었다.

편지엔 이렇게 쓰여있었다.
“나는 너를 탓하지 않아, 네 선택을 존중하고 이해해. 다만 우리의 시간이 맞지 않았음이 서글플 뿐이야. 꼭 좋은 사람 만났으면 좋겠어. 설거지 다 해놓고 밥해놓고 가니까, 밥 잘 챙겨 먹고 건강하게 잘 지내. 고맙고 미안하고 사랑했어."

언니의 남자친구였던 사람은 이별을 담담하게 받아들이고 있었다. 그리고 그 편지에는 언니를 많이 사랑했다는 사실이 가득 담겨있었다. 자세한 상황을 모르는 내가 봐도 느껴질 정도라서 더 슬펐던 기억이 있다.

사랑해서 헤어진다는 말을 여전히 믿지 않지만 그때 처음으로 그 마음을 알게 된 날이었다. 사랑하기 때문에 내 곁에서 힘든 상태로 두는 것보다 사랑하기 때문에 떠나보내는 그 마음을.

지금 내 곁에 있는 사람의 시간과 내 시간이 톱니바퀴처럼 잘 맞물리면 얼마나 좋을까. 그럼 우리는 헤어짐 따위는 모르고 살았을 텐데.

나이 먹으면서 연애가 어려워지는 이유

실제 연애는 영화나 드라마랑은 전혀 다르다. 말 그대로 현실이다. 처음 누군가를 사랑했을 때와 몇 번의 만남과 이별을 반복한 사랑은 확연히 달랐다. A라는 사람을 만나고 헤어지면 A라는 헤어짐의 이유가 생겼고, B를 만날 때면 A라는 헤어짐의 이유가 그 사람에게 없어야만 만나게 되는 게 진짜 현실 연애였다.

그렇게 점차 A와의 이별 이유, B의 이유, C의 이유 등등으로 만나는 사람마다 점점 더 쌓여가는 이별의 이유를 제외하고 누군가를 만나려니 시작조차 쉽지 않았다. 그렇다고 헤어졌던 이유를 제하지 않고 만나기엔 얼마 못가 헤어질 게 분명했고 어느샌가 내가 이리저리 재고 따지는 사람인가 싶은 생각에 한동안은 사람을 만나는 것조차 꺼려지기 시작했다.

처음 사랑했을 때는 분명 이러지 않았는데. 처음에 사랑에 빠졌던 나는 그 사람의 모든 것을 사랑했다. 단점이라는 단어가 내 사랑 사전에는 존재하지 않을 만큼 나는 그의 모든 것을 사랑했다.

그랬던 나는 어쩌다 이렇게 되었을까. 온 마음을 쏟아부으며 사랑도 해보았고 이미 사랑은 해볼 만큼 해보았는데. 사람과 사랑, 감정 소비에 너무 지쳐서 더는 다른 사람을 만날 자신도, 누군가를 사랑할 자신도 없었다.

간절히 사랑하고 끊임없이 노력했어도 내 손 위에 올려진 모래 한 줌처럼, 꽉 쥐면 흩어지고 바람 불면 날아갔다. 그런 인연들이 내겐 사랑이자 상처로 남았다.

다들 사랑할 땐 서로의 마음이 서로 같으면 참 좋을 텐데. 그렇다면 다툴 일도, 헤어질 일도 없을 텐데. 어쩌면 다른 이의 마음을 알아가고 서로 다른 두 사람이 서로를 맞춰나가는 일은, 나이가 멈추는 날까지 다 헤아릴 수 없는 어려운 일일지도 모른다. 수많은 인연이 나를 스쳐 지나갔고 또 스쳐 지나간다. 앞으로도 스쳐 지나가겠지만 분명 멈춰 서는 이도 있겠지.

손에 쥐고 있던 모래가 다 사라지고 나서야 안다.
반짝임은 남아있다는 것을.

이별을
걷는 시간

연예인 김제동이 그런 말을 한 적이 있다. 밥 20분 먹는 것도 소화하는데 8시간이나 걸리는데 사랑했던 사람과 이별할 때도 당연히 시간이 필요하지 않겠냐고. 그 기분이 어떤지는 나도 잘 알고 있다. 온종일 전화기만 붙잡고 살고 만나고 싶지만, 그 사람에게 피해 갈까 연락조차도 못하고 울다 지쳐 잠드는 날들을. 이별은 참 끔찍하다. 매번 처음 맞는 이별도 아니면서 이별은 늘 처음처럼 다가온다. 사랑하는 이와의 이별은 숨 쉬는 것조차 끔찍하게 만들 때도 있다. 내가 받았던 것과 내가 해주지 못했던 것들만 가득 떠 올라 후회가 될 때도 있다. 남들 말처럼 정말 시간이 약일까, 정말 괜찮아질까 생각하지만 이젠 시간이 약이라고 생각하지 않는다. 어디서 본 글처럼 시간이 해결해 주는 것이 아닌, 좀 더 자란 내가 해결해준다고 생각한다.

우린 이미 알고 있다. 시간이 아무리 오래 지나도 잊히지 않고 생각나는 사람은 있다는 것을. 사랑했던 기억은 그렇게 내 마음 방 한 칸에 자리 잡곤 한다. 오히려 애써 지우려, 잊으려 노력하는 것조차 그 사람을 생각하는 것이라고. 우리는 할 수 없을 것 같지만 할 수 있는 이 시간을 겸허히 받아들이고 그렇다는 것을 인정하고 안고 걸어야 한다. 그래야 다음에 올 진짜 내 사람에게 덜 후회하는 사랑을 할 수 있으니까.

여담이지만 인생은 타이밍이라고 한다. 타이밍이 맞지 않아 헤어진 인연이라도 다시 만날 인연은 반드시 다시 만나게 된다는 이야기가 있다. 손가락과 손가락 사이에 이어진 붉은 실은 끊어지지 않으니까. 마음껏 그리워하고 마음껏 생각했으면 한다. 그건 상대에게 피해 주는 것은 아니니까. 피해 주지 않는 선에서 할 수 있는 만큼, 내 감정을 내가 처리할 수 있도록 충분한 시간을 주는 것이다. 그래야 진짜 받아들일 수 있으니까. 멀리서나마 당신이 걷는 그 길을 진심으로 응원한다.

조금 더 내 곁에
머무를 순 없는지

인터넷에 돌아다니는 글 중 아빠가 딸에게 소중한 것들을 너무 많이 사랑하지 말라는 내용에 글이 있다. 그것들은 나보다 더 많이 사랑하게 되면, 언젠가 내 곁을 떠나게 된다는 슬픈 결말인, 인생을 스포일러한 글.

그 글을 처음 접했을 때 꽤 어렸던 걸로 기억한다. 하지만 덜 사랑하는 법을 배운 적도 누가 알려준 적도 없기에 매번 사랑에 빠지면 온 마음을 다 바쳐 최선을 다해 사랑했다. 희한하게도 그 글처럼 내가 사랑했던 것들은 내 곁을 떠나곤 했다. 사랑한 시간이 아까운 건 아니었지만 한때 세상에서 나와 가장 가까웠던 인연들이 한순간에 끊어져, 정말 남보다 못한 관계가 됐을 때의 허탈감은 이루 말할 수 없었다.

이상한 생각을 하기도 했다.
저 글이 저주는 아닌가, 그래서 내가 사랑한 것들이 나를 떠나는 것이 아닌가 하고 말이다.
하지만 저 글은 딸이 덜 아프길 바라는 아빠의 인생 조언이었다.
정말 그런 게 가능할까? 덜 사랑해서 덜 아픈 방법이라는 게 정말 존재할까.
아마 저 글을 쓴 아버지도 그러지 못하고 본인이 겪은 이야기를 딸에게 쓴 것이 아닌가 싶다.

매번 지금, 이 순간이 마지막인 것처럼 사랑하고 살아가고 최선을 다하는데 왜 그들은 떠나야 했고 우리는 어긋난 관계가 되었어야만 했을까.

내 곁에 조금 더 머무를 수는 없었는지.
아쉬움만 가득하다.

끊어진 사람들의 소식이 전해져 올 때마다 내가 물을 수 있는 건 '잘 지내냐'는 한마디가 다였다. 이미 어긋나고 끊어진 지 오래됐음에도 아쉬움에 그들의 행복을 바라게 된다.

그러니 부디 지금 내 곁에 있는 사랑하는 사람들은 내 곁에 오래도록 머물기를.

내 곁에 조금 더 오래 머무르기를.

3부

나비가 되어 날아다니다
또 다른 나비를 만나다

우리는
연애하지 말자

사진 속으로 먼저 보게 된 나비의 첫인상은 웃는 모습이 굉장히 마음에 들었다. 하지만 연애가 하고 싶진 않았다. 마지막 연애에 지독하게 열병을 앓았던 나는 더 쏟아낼 마음이 아직은 없었기 때문이었다. 그래서 그에게 대뜸 우리는 남녀가 알고 지내면 흔하게 하는 썸이나 연애 말고 오래오래 친하게 지내는 친구를 하자는 이야기를 내뱉었다. 하지만 그땐 그게 진심이었다. 이미 많은 이별을 겪은 터라 감정 낭비에 지친 나는 헤어지는 연인 따위가 아닌 편하게 오래오래 볼 사람이 필요했다. 그래, 사람. 사람 냄새가 물씬 나는 사람 대 사람으로서 말이다.

우리는
연애하지 말자는 무슨

많은 만남과 이별을 겪어서 더는 아니라며 손사래를 쳤지만, 그런데도 인간은 망각의 동물과 모순덩어리라는 말이 맞는지, 연애하고 싶지 않았지만 새로운 사람을 알게 되면 '혹시?'라는 마음이 생기곤 하는데 나비를 만났을 때 내가 딱 그랬다.

'이 사람이 진짜일지도 몰라.'

꽤 사랑에 연연하고 구질구질한 나는 자신을 인정하기로 했다. 싫기는 뭐가 싫어. 이미 마음에 들었으면서. 그래서였을까. 이상하리만큼 나는 나비를 꼭 한번은 봐야겠다는 생각했다.

나비를 처음 보게 된 날을 잊을 수가 없다.
강아지 같은 표정으로 사진 속에서 보던 웃음으로 내게 인사했다. 그 모든 순간이 슬로우모션으로 보였고 그 날 밤엔 집에서 그 장면을 머릿속으로 백번도 더 돌려봤다.
영화나 드라마 혹은 소설 속에서만 보던 현실 같지 않던 일이 내게 벌어졌다.
슬로우모션도 모자라서 그를 본 순간 종이 쳤다. 흔히 아는 'you are my destiny' 노래와 가사가 내 머릿속을 울렸고, '아, 내가 결혼을 하게 된다면 이 사람과 하겠구나.'라는 생각까지. 이 모든 것들이 나비가 나를 보며 인사한 불과 3초 만에 일어난 일들이었다.

지금 다시 그 장면을 되돌려 기억해도 그 순간은 현실 같지 않을 정도로 신기한 경험이었다.
후에 이 이야기를 하는 내게 나비도 진짜 그랬냐며 웃으며 되물었을 정도니까.

표정 관리가 되지 않고 올라가는 입꼬리와 금방이라도 알을 낳으며 승천할 것 같은 광대를 달랬다. '지금 그렇게 막 웃으면 예뻐 보이지 않을 거야! 제발!' 속으로 되뇌며 그 모습을 보이기 싫어서 얼른 뒤로 돌았다. 인사를 했을 뿐인데 대답도 없이 뒤를 도니 나비 눈에는 내가 얼마나 이상한 사람으로 보였을까? 나중에 물어보니 나는 그 전부터 특이하고 독특한 사람이었다고 했다.

나는 나비에게 첫눈에 반했고 반드시 이 사람을 내 사람으로 만들어야겠다는 다짐을 했다. 불과 3초 만에 이별의 상처는 무슨, 새 살이 포동포동하게 다 돋아난 지 오래였다. 사람이 첫눈에 반하게 되니 마음이란 건 이처럼 간사하기 짝이 없었다. 사랑에 빠진 순간을 누가 예측이나 할 수 있을까. 그냥 지금, 이 순간에 충실히 하는 것이지.

별에서 온
그대

전과 다른 감정들에 덜컥 겁이 났다. 첫눈에 반한 것도 모자라 나비는 퍽 다정했던 탓에 두려움이 자리 잡기 시작했다. '다정하면 좋은 게 아닌가?'라는 자연스러운 생각이 들지만 나비는 내가 살아온 지난 삶 동안 쌓아온 데이터베이스엔 없는 사람이었기 때문이다. 나비는 내가 늘 바라고 꿈꿔온 사람이었다. 그래서 덜컥 겁이 났다. 꿈꿔온 이 사람이 내가 만들어 낸 환상이거나 금방 사라질까 봐. 그만큼 나는 나비라는 사람이, 사랑이 간절했다. 그와 동시에 나비의 직업과 정체를 알게 됐는데, 그냥 봐도 반짝이던 사람이 내가 걷고 싶은 길을 걷는 사람이라는 걸 알게 되니 더 반짝여 보였다.

나비는 작가였다.

차라리 이렇게 힘든 연애를 할 거면 작가를 만나는 게 낫다고 생각한 내 생각이 현실이 되었다. 그때 나는 일과 병행하며 글을 쓰고 있긴 했었지만 작사가 지망생과 작가 지망생 정도였다. 내 앞에 나의 꿈을 이룬 나비가 신기했다. 그와 함께 서점에 가서 그의 책을 보았을 땐, 나비를 보는 내 시선은 연예인을 본 듯한 눈빛이기도 했다.

이미 작가인 그는 내게 재능이 있다며 나를 지지해주었다. 그의 무수한 응원 덕분에 나도 지금의 작가가 될 수 있었다. 곁에 좋은 사람이 있고 그 사람을 사랑하게 되면 그의 모습과 말투를 흉내 내기 시작한다. 자신도 모르는 사이에 사랑하는 사람을 닮고 싶어서.

사랑하니까 닮고 싶은 마음에 작은 습관, 표정, 제스처마저 자연스레 흉내를 내게 된다. 집안 가족들끼리만 아는 풍습과 단어가 있듯이, 몸과 마음의 거리가 가까울수록 우리는 사랑하는 이와 점점 닮아간다.

가장 좋은 이상적인 관계는 닮아가며 바뀐 자신의 모습을 스스로가 만족하는 것이다. 사랑은 점점 쌓여서 자기 자신을 사랑하는 마음마저 크게 만든다. 상대에게 더 좋은 사람이 되고 싶으니까.

그런 나에게 나비는 첫 편지에 "당신은 내가 더 나은 사람이 되고 싶게 만들어요."라는 문구를 적었다.

별에서 온 듯한 나비는 누구보다 특별했고 반짝반짝 빛이 나는 사람이다. 그런 당신에게 나도 더 나은 사람이 되고 싶다.

성숙한
연애

나비와 만나면서 나는 지금 성숙한 연애를 하는 중이라며 나 자신에게 허세를 떤 적이 있다. 우리는 서로를 누구보다 잘 이해했다. 처음으로 꼭 맞는, 딱 내 옷 같은 사람을 만났기에 '지난날들은 다 잊어. 지금이 진짜야!'라며 혼자 방구석 기쁨에 한껏 취해있었다.

우리는 장거리 연애 중이었는데 주말에만 만날 수 있는 나와, 평일과 주말이 모두 바쁜 나비 일정으로 한동안 만나지 못한 적이 있었다. 보고 싶은 마음을 억누를 수가 없었던 나는 잠깐 시간이 될 것 같다는 나비 말에 당장 차편을 끊었고 그때까지만 해도 통금시간이 있던 나는 두 시간을 보러 차에 몸을 실었다. 그때 내 기분은 '그 무엇도 나를 방해할 수 없어.'라는 의지로 불타 있었다.

보고 싶다는 말이 좋지만 싫었다. 보고 싶으면 말만 하지 말고 보러 가거나 보러 와야 하지 않은가. 어쩔 수 없는 상황이라면 몰라도 여태 그렇게 직진만 하며 연애를 해 온 나에게 보고 싶다는 말은 말뿐인 것만 같아, 당장 봐야 한다며 불도저처럼 나비를 찾아갔다.

하지만 막상 오랜만에 나비를 만나니 성숙한 연애고 나발이고 그딴 게 다 무엇인가라는 생각만 들었다. 서로의 일과 일하는 시간, 개인 사정을 이해하며 '어른의 성숙한 연애란 이런 게 아닌가.'라며 한껏 취해있었는데. 그건 그냥 내가 만든 환상일 뿐, 사랑이란 감정은 환상처럼 조절되지 않았다. 계속 함께 있고만 싶고 떼를 쓰고 싶었다.

잠깐 보더라도 보고 싶으면 보러 가야 한다는 마음과 달리 두 시간만 보고 헤어지려니 왜 두 시간밖에 안 되는 거냐며 내 처지와 상황을 원망했다. 화장실 들어갈 때와 다를 때 마음가짐이 다르다더니, 간사하기 짝이 없었다. 얼마나 그 기억이 생생하던지, 집에 돌아와 성숙한 연애란 없다고 글을 적기도 했다.

사랑에 빠지면 누구나 다 어린아이가 돼버린다. 더 달라고 떼를 쓰기도 하고 성숙해지고 싶어도 사랑에 빠진 내 마음은 속일 수 없다며 솔직해지라 말한다. 성숙한 연애와 사랑이 존재하는 게 아니라 그저 상대방과 현실에 순응하면서 다들 참는 것은 아닐까. 하지만 그마저도 오래가진 못할 것이다. 사랑은 완벽한 모순이니까. 그래서 사랑과 기침은 감출 수 없다는 말이 딱 맞다.

볼 수도
만질 수도 없기에

이제껏 다양한 사람들을 만나고 또 연애했던 나는, 그들을 만난 경험을 바탕으로 미안하다, 고맙다, 사랑한다는 말이 숨 쉬듯 습관처럼 나왔다. 식당에 가서 함께 밥을 먹더라도 나비가 내게 숟가락을 주고 물을 따라주면 웃으며 고맙다고 말했다. 나비가 계산하는 날에는 식당 밖에 나와, 잘 먹었다며 배꼽 인사를 꼭 했다. 당연해서 헤어졌던 지난 연애로 나는 작은 것 하나 놓치지 않기 위해, 사소한 소중함을 찾아가는 계기가 되었고 뭐든 감사했으며 뭐든 미안해했다.

그런 내가 나비에게는 신기하게 보였는지 나를 보고 많이 배운다고 말했다. 시간이 흘러 나보다 더 미안하다, 고맙다, 사랑한다는 말을 하는 당신을 보며 '좋지 않게 끝난 지난 연애라도 배울 점이 무엇이든 있구나. 내가 그런 사람들은 만났고 배운 후에 나비를 만나서 참 다행이다.'라는 생각을 하게 된다.

우리는 참 많이 닮아가고 서로에게 배우고 더 나아갔다. 아낌없이 표현하는 것은 가까운 사이일수록 더 많이 해야 한다. 눈빛만 봐도 알 수 있는 게 사랑이라지만, 볼 수도 만질 수도 없는 게 사랑이니까. 우린 할 수 있는 한 온몸과 온 마음으로 표현해야 한다.

고마워.

미안해.

사랑해.

미안하다는 말을
많이 하는 사람

함께 있을 때 내가 조금이라도 놀라거나, 다치거나, 아픈 상황이 오면 나비는 자신의 잘못이 아닌데도 항상 말하고는 했다.

"미안해, 미안해."

꼭 아이가 넘어졌는데 부모가 잘 지키지 못해 사과하는 것처럼 느껴진다. 그래서 더 응석 부리고 싶은 마음이 든달까. 덕분에 나도 내 잘못이 아니어도 미안하다는 말이 습관이 되었고, 미안하다는 말을 많이 하는 사람이 더 좋아졌다.

물론 진심으로 사과하는 것이 아닌 비아냥거림과 순간 모면을 위한 악용이나 남발을 뜻하는 것은 아니다.

그 전엔 미안하다는 말을 들으면 화가 났었다. 애초에 미안할 짓을 안 하면 된다는 생각이었기 때문이다.

당연히 예외적인 상황을 제쳐두고 말이다. 그 생각은 지금도 변함이 없다. 가장 좋은 관계의 첫 시작은 미안할 일을 만들지 않는 것이다. 하지만 세상을 살아가다 보면 내 뜻과는 다르게 사과해야 할 일은 반드시 생기기 마련이다. 그럴 땐 자신의 잘못이든, 상대의 잘못이든 진심으로 먼저 사과할 줄 아는 사람이 더 나은 관계를 쌓아갈 수 있는 똑똑한 승리자가 된다.

진심으로 먼저 사과할 줄 아는 사람은 마음의 그릇이 큰 사람이라는 걸 증명한다. 쉽게 화를 풀 수 있는 일이 아니거나, 용서하기 쉽지 않은 일이라 해도 이런 일로 당신과 틀어지는 걸 원치 않은 사람이니까. 어쩌면 더 사랑하는 쪽이 미안하다는 말을 더 많이 하게 되는 것 같다. 그렇다고 해서 그 마음을 악용해서는 절대 안 된다. 미안하다는 말의 숨은 뜻은 사랑한다는 뜻이기도 하니까.

그렇기에 사랑하는 사람과 가족 사이에서 가장 많이 하는 말이기도 하다.

“미안해.”
“미안하다.”

내가 듣고 싶고
받고 싶은

무작정 위로가 받고 싶을 때가 있다. 온 가득 나를 안아줬으면 하는 그런 날. 그런 위로를 받지 못한 채 흘러간 날들이 쓸쓸해서. 나에게 자신의 속마음을 털어놓는 사람이 있으면 그들에게 나는 내가 듣고 싶었던 말을 해주곤 했다. 그 말을 해주면서 스스로 위로를 받기도 하고 그들도 나처럼 이 말이 듣고 싶지 않았겠느냐는 생각에서 시작된 일이었다. 사실 여기엔 숨겨진 사실이 있는데, 내가 듣고 싶던 말과 내가 받고 싶던 선물을 해주는 것은 나도 그 말을 듣고 싶고 그 선물을 받고 싶다는 뜻이다.

그 마음을 알아챈 사람이 없었는데 나비는 달랐다. 그도 나와 똑같았다는 것.

한 번은 나비에게 꽃을 선물한 적이 있는데 그다음에 만날 때는 나비가 내게 꽃을 선물해 주었다. 후에 심리학 책에서 이러한 현상은 자신의 진짜 속마음이 일상 중에 녹아있기 때문이라는 걸 알게 되었다. 그 사실을 알게 됐을 때 우린 서로의 공통점을 발견했다며 좋아했다.

작가라는 직업은 누군가의 위로를 들어주는 날이 꽤 많은 직업이었다. 그날도 나는 내가 위로가 필요한 날이었지만 누군가에게 위로해주던 날이었다.

집에 돌아와 털썩 주저앉아 오늘 하루가 이랬다며 전화로 미주알고주알 나비에게 이야기하니, 나비는 내가 듣고 싶었던 말들로 나를 위로해주었다. 당신도 바쁘고 지친 날이었을 텐데. 그 와중에도 나를 생각하고 있다는 마음과 배려가 느껴져서 무척 고마웠다. 덕분에 나는 사랑하는 이들을 더 많이 관찰하게 되는 버릇을 갖게 됐다. 내가 받고 싶고, 듣고 싶은 건 상대도 똑같이 그런 마음이라는 걸 알게 됐으니까.

사랑을 구걸하지
않아도 되는 사람

사랑과 믿음을 구걸할 때가 있었다. 깨진 독에 물을 아무리 부어도 빠져나가 사라지는 것처럼. 사랑을 믿지 못하였고 믿음이 저버린 적이 많아서. 구걸하듯 화도 내보고 짜증도 내고 마음처럼 되지 않는다며 울기도 하고 떼도 써보았다. 하지만 사랑과 믿음은 그렇게 한다고 해서 얻어지는 것이 아니었다. 그렇다고 해서 나의 지난 방법이 잘못되거나 틀렸다고 말하고 싶진 않다. 나는 나대로의 이유가 있었고 우린 모두 각자의 상황과 전혀 다른 환경 속에서 자라왔기 때문에 각자가 추구하며 배운 사랑은 다를 수 있기 때문이다. 물론 지난 방법들이 좋은 방법이 아니라는 것쯤은 이제는 안다. 나름의 발버둥이었지만 대부분 끝이 좋지 않았다는 것도 알고 있다.

그런 깨진 독 같은 나에게 더는 구걸하지 않아도 되는 사랑을 알려준 이는 나비였다. 나비를 만나는 지금까지도 여전히 나는 철이 없지만 그 무엇보다 내가 소중하다는 걸 나비는 늘 끊임없이 말해줬다.

작년에 나비가 내게 했던 말이 아직도 기억에 남는다. 내가 없는 삶은 상상도 되지 않는다며 사랑한다고 했던 말. 그 말이 얼마나 좋았는지 SNS에 적어놓았고 그 글이 과거의 오늘이라고 알림이 뜨면서 추억에 빠졌다. 나는 지금도 그러냐며 나비에게 물었고 당신은 대답했다.

"이미 내 세상이니 잘 가꾸고 지켜나가야지."

때때로 그는 변하지 않는 사랑이라는 꽃말을 가진 꽃을 사 오며 사랑을 전한다.

사랑은 구걸이 아니다. 사랑이 부족하니 믿음을 강요하고 믿음이 부족하니 사랑을 갈구한다. 악순환의 반복을 끊을 방법은 특별한 게 아니다.

사랑한다는 마음을 전하는 것.
보이지 않는 믿음을 끊임없이 보이려고 노력할 것.

깨진 독이라도 깨진 자리를 가릴 수 있다. 깨진 독이라고 해서 독이 아닌 게 아니듯, 깨지면 좀 어떠한가. 앞으로 메워가고 그 자리를 가리면 되지. 깨진 자리 옆에다 사랑을 쌓아놓고 메꾸면 된다. 독 안으로 믿음을 쌓으면 된다. 구걸과 악순환을 끊는 방법은 이게 전부다.

손이
차가운 이유

직업 특성상 밤낮이 바뀐 우리는 함께 있으면서 각자 일을 할 때가 많다. 나는 손이 따뜻한 편인데, 나비는 밤에 글을 적다 보면 손이 차가워진다. 그 모습을 보고 전 작품에서 별을 그리는 사람이라는 글을 쓴 적이 있다. 사람들의 마음에 빛이자, 따스함이 될 글을 적느라, 그 별을 그리는 사람의 손은 차가운 것이라고. 나비가 그날 그릴 별을 그리고 있으면 나는 슬금슬금 나비의 옆으로 가, 나비의 손을 잡는다. 내 온기가 나비의 마음마저 번져, 또 다른 따스함이 되기 위한 마음에. 우리는 이토록 소소하고 따뜻한 온도를 가진 사랑을 한다.

표현을 잘하지 못하는
사람 칭찬하기

나비는 내게 “여기 같이 갈래요?”

“다음엔 여기도 가자.”

“이런 거 좋아해요?”라고 끊임없이 물어봐 준다.

그리고 그의 말에 내가 대답하면 나비는 요술램프 지니처럼 다 이뤄주곤 한다. 나는 그 물음이 너무 좋다. 꼭 지금 다 이루지 않아도 언젠가 우리가 함께하는 나날 중에 다 이룰 것 같아서. 앞으로의 미래에 늘 나와 함께일 거라고 대신 말해주는 것 같아서. 그럴 때면 턱이 들리고 코가 높아진다. 마치 기분이 두둥실 구름 같아서. 나는 그 물음이 날아갈 듯하다.

사실 나비는 나를 만나기 전과 만나는 초반 때엔 감정을 솔직하게 표현하는 사람이 아니었다. 그런 사람이 말 한마디, 한마디에 미래에도 함께 일 거라는 숨긴 마음과 사랑 표현이 있다는 걸 알게 된 나는, 그 의미를 찾을 때면 숨은 보물찾기에서 굉장한 보물을 얻은 듯이 좋아했다. 리액션이 워낙 큰 사람이라 작은 보물에도 춤을 추며 고맙다며 좋아하니, 나비는 점점 더 표현을 잘하는 사람이 되었다. 큰 반응과 칭찬은 고래도 춤추게 한다고 우리는 여전히 서로가 숨겨둔 숨은 보물찾기를 좋아한다.

초승달이 보름달로 되는 걸
반복하는 것만큼 사랑해

사랑하는 많은 것들을 한꺼번에 잃어버렸을 때가 있었다. 문득 슬픔이 몰려와, 함께 걷던 길에서 뒤처진 채로 혼자 이별을 고스란히 맞고 서 있었다. 숨죽이며 고개 숙여 우는 내게 나비는 가만히 옆으로 와, 내 눈물을 닦아주었다. 아무 말도 하지 않는 내게 나비는 왜 우느냐고 이유도 묻지 않았다. 그저 우는 내가 걱정했다. 나비는 이유는 몰라도 울고 싶을 땐 울어도 괜찮다는 말을 했다. 곁에 있는 동안 많이 울고 웃으라며, 내 머리 쓰다듬으며 토닥였다.

그런 나비에게 나비 탓도 아닌데 "왜 이렇게 늦게 내게 왔어. 조금 더 빨리 왔으면 내가 덜 불행했을 텐데.."라는 못난 말을 뱉었다. 내뱉는 순간, 아차 싶었다. 그 말을 들은 당신이 얼마나 아팠을지 감히 헤아리기도 전에 당신은 내게 말했다.

"내가 길을 잘못 들어서 늦었어, 미안해."

그 말 덕분에 더 목놓아 울었다. 내가 어떤 모습을 보여도 당신은 내 옆에 있을 것 같아서.
내가 우는 이유가 당신 탓도 아닌데 당신은 자기 탓으로 돌릴 만큼 나를 사랑한다는 뜻이라서.

그런 당신을 초승달이 보름달로 반복하는 것만큼 사랑한다.

무의식중에도
사랑해

불면증의 최고의 수면제는 사랑하는 이와 함께 잠을 자는 것이라 말한다. (실제 정신과 치료 도중 의사에게 들었던 말이다. 심리상태가 매우 불안정할 때는 혼자 사는 것도 위험하다며, 되도록 가족과 함께 사는 것이 좋다고.) 나는 불면증이 심한 편이기에 나비가 곁에 있어도 뒤척이다 잠을 자곤 한다. 하지만 놀랍게도 나비를 만나고 난 이후로는 뒤척이는 빈도수와 뒤척이는 시간, 그리고 숙면을 취하는 시간을 보면 확실히 전과 다르게 수면시간이 늘어났다는 걸 알 수 있었다. 정말 신기할 정도로 나비 곁에선 잘 잔다.

보통 함께 밤을 보낼 때면 나비가 먼저 잠이 들고 그 후에 내가 잠이 들곤 한다. 나비는 예민하지만, 머리만 대면 자는 사람이기에 웬만한 소리에도 깨지 않는다. 그런데도 내가 가위에 눌려 끙끙거리거나 자지 못하고 뒤척이면 무의식중에도 내 머리를 쓰다듬거나 등을 토닥인다. 다음날 일어나 잠결에도 나를 토닥여줬다는 이야기를 하며 고맙다고 말하면 나비는 기억하지 못한다. 기억하지도 못하는 무의식인 와중에도 나를 걱정하고 내가 잘 자기를 바라는 그 마음이 얼마나 따뜻하고 고맙던지. 정말 사랑할 수밖에 없는 사람이다.

반대로 내가 잠이 들었을 때 나비는 자는 나를 지켜보다 내 손바닥 사이에 손가락을 댄 적이 있다고 말했다. 그러니 내가 손가락을 사르르 잡았다고. 그날은 나비도 나만큼이나 신기해했다.

어릴 적 커다란 아빠 손을 잡을 때부터 다한증이 있는 나는 손 전체보단 집게손가락 하나만 잡는 것을 좋아했다. 그런 습관이 쌓여서 나비 손을 잡을 때도 집게손가락만 잡았다. 커다란 아빠 손을 잡던 내가, 자고 있는 무의식중에도 똑같은 행동을 했다. 우리는 그날 서로가 서로를 얼마나 사랑하는 거냐며 푼수를 떨었다.

여전히 우리는 무의식중에도 사랑을 주고받는다. 자동반사적으로 서로를 생각하는 마음이, 더는 약을 먹지 않아도 잘 수 있다는 안도감이, 나를 더 편안하고 행복한, 안정감 있는 사람이 될 수 있게 만든다.

포근하고 나른하다. 당신은.

많이 싸우자

나비에게 입버릇처럼 자주 하는 말이 있다.

"우리는 자주 다투고 싸우면서 사랑하자."

연애 초반 때까지만 해도 우리는 서로 존댓말을 했었다. 서로 조심스러웠던 만큼 싸울 일도 없었을뿐더러 사랑하고 배려하는 모습이 몸에 배어있었기 때문에 우리는 다툼이 적었다. 하지만 전혀 다른 인생을 살아온 사람이기에 어떤 관계든 부딪힐 수밖에 없다는 걸 오랜 연애로 깨달았던 나는, 계속 부딪히며 해결해나가는, 더욱 성숙한 관계로 거듭나길 바랐다.

전혀 싸우지 않아도 되는 관계도 존재하긴 하지만 그건 아주 예외적인 상황이다. 대부분은 함께한 시간이 오래됐거나, 자연스레 서로가 서로에 삶에 녹아 양보하고 이해하는 것이다.

어쩌면 한쪽은 많은 순간을 참았을지 모른다. 그 사실을 알지 못한 채 넘어가는 순간이 많아지면 결국 한쪽은 곪게 되고 그 상처는 터지기 마련이다. 그런 끔찍한 관계를 되풀이하고 싶지 않아서 우리는 서로가 서로에게 솔직할 것과 많이 다투기로 했다. 연인이든 가족이든 친구든 그 어떤 관계도 처음부터 끝까지 원만하기만 할 수는 없다. 그걸 바란다면 나와 상대방 둘 중 한 명은 불만이 생겨도 아무 말도 하지 않은 채 침묵을 지켜야만 한다. 그것은 건강한 관계가 아니다. 건강한 관계는 서로의 다름을 인정하는 것에서부터 시작된다.

나와 상대는 전혀 다른 사람이라는 것.

그 사실을 안다면 의견 차이가 생겨서 다투더라도 그걸 해결해 나가려고 노력할 것이다. 그렇게 서로 다름을 좁혀가는 대화들이 쌓이면 눈빛만 봐도 어떤 기분인지 알 수 있는 사이가 될 수 있다. 다투는 것 또한, 두 번 다시는 안 볼 것처럼 끝장내라는 말은 아니다. 솔직하고 서운하고 화나되, 사랑하는 마음을 잊어서는 안 된다. 우리가 서운해하거나 다투는 이유는 단순히 상대를 이해하지 못해서라기보단 '나는 다른 삶을 살아왔는데 날 조금 더 이해하고 사랑해주면 안 돼?'라는 진짜 속마음을 잊어서는 안 된다. 관계를 오래 유지하기 위해선 우린 조금 더 솔직해질 필요가 있다.

화내는 이유

나는 예민하고 민감한 사람이며 솔직하고 자존심 강한 사람이다. 일평생을 누군가에게 기대는 법이 없었고 방법조차 몰랐다. 늘 혼자 많은 것들을 짊어지고 안고 가는 성격이었기에 내 속에는 늘 화가 많았다. 롤러코스터처럼 하루에도 열두 번씩 우울과 조증을 반복했고 불안정한 심리상태로 내가 나를 잃어버리게 되는 순간도 많았다. 2020년 초반에만 해도 스트레스가 극에 달했다. 별일이 아닌데도 짜증과 화를 냈으며 나비 탓이 아님에도 나비 탓을 했다. 진짜 속마음은 그게 아니었는데.

전 작품에서 사랑하는 연인에게 올바른 호칭과 단정한 단어를 골라 이야기해야 한다는 쓴 글과 달리, 내가 제정신이 아니라는 이유로 사랑하는 이에게 상처가 되는 모진 말을 내뱉었던 날들이 많았다. 때로는 부러 상처가 될 만한 말들을 골라 하는 못된 짓도 했었다.

하지만 뱉자마자 동시에 후회가 밀려왔다.
그런 내 모습이 너무 싫은데, 대체 내가 왜 이러는지 이유를 알 수가 없어서 마음은 심란했었다.
사랑하는 이에게 상처를 주는 행동과 말은 그대로 내게 화살이 되어, 죄책감에 시달렸고 동시에 내가 이런 행동을 했기에 언젠가 이 사람도 떠나지 않을까, 지치지 않겠냐는 두려움에 잠이 들기가 어려웠다. 그런 행동을 하지 않으면 될 일이었지만 으레 우울증을 겪는 사람들이 그렇듯 정상적인 판단이 흐려졌다.

그런 내게 나비는 속상할 법도 한데, 흔한 화나 짜증 한 번 내지 않고 심리상담을 받자며 조심스럽게 이야기를 했다.

상담을 받을 때 내가 폭력적으로 변하는 것 같아 무섭다며 화를 내고 싶지 않다고 이야기한 적이 있었다. 상담 선생님은 내게 화가 났던 순간을 이야기하며 털어내자고 말씀하셨다.

화를 내는 이유는 상대를 위하는 마음이 아니라 나를 위한 경우가 대부분이며, 그걸 알고 인지한 순간부터 화라는 감정이 줄어든다고. 자기 자신과 상대에 대해 한 번 더 생각할 수 있는 틈이 생기게 된다고 말해주셨다. 그리고 화가 나면 꾹 참는 것만이 좋은 습관은 아니라며, 충분히 화날 만했다며 스스로가 자신을 달래주며 인정해 주는 것이 좋다고 해주셨다.

그 말을 들은 후론 덕분에 화가 나는 순간이 오더라도 한 번 더 생각할 수 있는 약간의 틈이 생겼다.

지금 이 글을 읽는 당신에게도 묻고 싶다.
여태 당신이 냈던 화는 정말 상대를 위한 화였는지.
지금 화가 나 있는 상황이라면 그 화는 정말 상대를 위해 내는 것인지, 나의 순간적인 감정을 토해내기 위해서인지 생각해 볼 필요가 있다.

고난과 역경

해가 쨍하고 뜨는 맑은 날만 있으면 좋지만 날씨가 그렇듯, 인생에도 비나 눈이 오고 바람도 불고 흐리기도 한다. 나비를 만나면서 가장 많이 들었던 생각은 '왜 하필 이렇게 내가 힘든 상황이 많이 찾아올 때 이 사람을 만났을까.'였다.

그만큼 우리의 연애는 순탄하지 않았다. 크고 작은 일들이 마구잡이로 터졌으며 도중에 내 건강과 심리상태 등의 문제로 정상적인 데이트를 하기도 어려웠다.

사람이 나약해지고 초라해질 때면 자신만의 동굴로 들어가기 마련이다.

그 누구도 만나고 싶지 않기도 하고 때로는 그 누구라도 만나고 싶다. 또 우울한 게 심해질 때면 모든 연락을 중단하곤 동굴에 들어가곤 했었다. 그 행동은 사랑하는 이들과 주변 사람들이 싫어서가 아니었다. 혹시라도 내 우울함이 주변 사람들에게 묻을까, 온갖 부정적인 마음이 그들에게까지 번지는 게 싫어서였다.

내가 좋아하고 사랑하는 이들에게, 조금의 피해도 주고 싶지 않기에. 사랑하는 사람일수록 피하고 싶은 마음은 더 크고 강해진다.

나비는 그런 내게 편지를 써주었다.

"사람의 밑바닥을 보려면 극한의 상황이 되어야 알 수 있나 봐. 막상 그 상황이 되어보니 난 상상 이상으로 당신을 사랑하고 있던 거야. 당신의 소중함을 더더욱 느꼈어. 그렇기에 내 품에 꼭 간직할 거야. 당신의 밤이 괜찮아지는 그 날까지. 나는 당신이 말했던 든든한 나무가 되어 비바람을 막아줄게. 그건 억지로 맞추는 게 아니니 걱정하지 말아. 내가 당신에게 설령 상처받는 순간이 있더라도, 당신을 껴안을 만큼. 나는 당신을 아주 많이 사랑해."

고마운 마음과 미안한 마음이 서로 부딪혔다. 내가 나비의 불행을 다 가져가는 것은 괜찮지만 내 불행을 나누는 사람보다는 도움이 되고 싶은 사람이고 답을 했더니 나비는 말했다.

“이미 도움 되는 사람이야. 당신과 함께라면 불행해도 괜찮으니 슬픈 일도 좋은 일도 모두 나누자”

사랑은 좋은 일과 행복한 일만 함께하는 것이 아니다. 단맛만 존재하지 않는다는 말이다. 쓰디쓴 맛과 서로의 바닥이라는 어두운 면과 불행도 존재한다. 그 모든 걸 다 함께해서라도 같이 있고 싶은 사람이 진짜 사랑이 아닐까. 행복만 있는 사랑이란 존재하지 않듯, 불행만 있는 사랑 또한 존재하지 않으니까. 모든 순간을 함께 걷는 사랑이 진짜 해피엔딩을 맞이할 수 있게 되지 않을까.

살아있길
잘했다

살아있길 잘했다 하는 순간이 오길 바라며 지냈던 날이 많았다. 우울증이 심했던 나는 죽으려는 시도도 꽤 많이 했었다. 삶이 행복하지 않았으니까. 별 시답지 않은 타로와 오늘의 운수 등을 보며 내게 올 인연을 찾아 긴 시간을 헤매기도 했고, 결국 이별을 맞이하는 사랑과 감정놀음에 싫증도 났다. 붉은 실로 운명의 짝을 지어준다던 짝이 정말 있긴 한 건지. 대상도 없는 원망을 하며 하루하루가 힘들었다. 무기력하고 무의미한 시간이 지나고 나서야 만난 내 사람, 나비는 내겐 아주 특별한 존재이다.

밤이 무섭고 아침이 기다려졌던 날이 언제였는지도 잊어버렸는데, 나비는 마법을 부리듯 내게 내일에 대한 기대감을 선물했다. 아마 장거리 연애라는 부분도 한몫했을 것이다.

사랑이란 건 정말 신기하다. 사랑으로 인해 인생과 나라는 사람 자체가 변화된다. 어디서 본 글처럼 힘든 시기에 죽을 고비를 넘기고 나면 그 후로부터는 삶이 핀다는 말, 그 말이 딱 맞았다. 나는 내 인생에 절대로 이런 사랑은 할 수 있을 거라고는 생각하지 못했다. 동화에서 나올법한 사람이 내 곁에 있다는 것. 그것만으로도 삶은 충분했다. 나비를 만나고 나서야 죽지 않고 살아있길 잘했다는 생각이 들었다.

말이
씨가 된다

가급적 부정적인 말과 생각은 하지 않으려고 노력한다. 뜻대로 되진 않지만 여태 내가 걸어왔던 길을 보며 다시 일어선다. 미래를 스케치할 때, 그때마다 나비는 큰 힘을 주는 사람이다.

어제와 오늘이 불안해서 밤잠을 설칠 때 그는 옆에서 묵묵히 나를 응원해주었다.

책을 쓴 작가가 되기 전에 인스타로 활동을 하면서 글을 써보는 것은 어떻겠냐며 계속 조언해주었고, 그가 말하는 대로 그가 걸었던 길을 따라갔다. 처음엔 거부감이 있었다. 워낙 많은 작가 속에 내가 살아남을 수 있을까 하는 불안감과 누구나 쓸 수 있는 그저 그런 글로 남는 것이 싫었다. 하지만 계속 예술을 하고 싶다는 생각과 이루고 싶은 꿈이었기에 그의 발자취를 따라 걸으니

운이 좋게도 빠르게 성장하게 되었다. 인스타 연재 시작한 지 3개월 만에 책 출판 제의를 받았고 많은 사람에게 글이 알려졌다. 부족한 실력임에도 다양한 곳에서 해외 출판 계약까지 된 나는, 1년 사이에 많은 것을 손에 쥔 사람이 되었다. 물론, 이건 나의 모습 일부분일 뿐이다. 타인에게 보이지 않은 내 모습 중 하나는 매일 밤을 불안과 고통 속에 우는 모습이었다. 불행과 행복을 쓰는 사람이기에 꺼내 보기도 싫었던 기억을 여러 번 되새김질해야만 했고 그런 기억을 전달력 있는 글로 써야만 했다.

그런 나에게 나비는 내게 수도 없이 괜찮다고 말해주었다.

묵묵히 진심을 다해 누군가를 응원하는 일은 결코 쉬운 일이 아니다. 그도 그의 일과 생활이 있었고, 나만큼이나 우울할 때와 힘들었을 때도 있었을 것이다. 처음에 내가 작가가 되었다고 지인들에게 말했었을 때, 10년을 알고 지냈던 사람마저 나를 무시하기도 했었다. 결국, 그 인연은 잘라냈지만, 관계라는 게 이렇게 어려웠다. 10년을 알고 지낸 사람도 진심으로 응원하기보다는 질투와 무시를 비추는데 그 사람보다 훨씬 짧은 시간을 함께한 나비는 언제나 나를 응원해줬다. 그것도 한결같이. 그런 마음을 알기에 나는 부정적으로 생각하고 말하는 것만이라도 멈춰야겠다고 생각했다. 부정적인 것을 말하는 대신 내가 이루고 싶은 꿈을 말하고 그 상상하고 차근차근 현실로 만들기 시작했다.

말이 씨가 된다는 말과 내가 꿈꾸는 모든 것들은 현실이 된다는 말을 참 좋아한다.

그렇기에 부정적인 생각과 말은 내려놓고 좋은 것만 생각하고 좋은 것만 꿈꾸기 시작하니 꿈이 점점 손에 잡히고 있다. 내가 상상하는 것을 진짜 현실로 만들어갈 수 있는 사람이라는 걸 알려준 나비는 내겐 영원히 깨고 싶지 않은 꿈같은 존재다.

프로
예약러

나비는 예약을 잘하는 편이다. 내가 아파서 병원을 갈 때, 그냥 방문해도 되는데 전화로 예약을 한다. 식당에 갈 때도 예약을 하는 편이다. 그중에서 내가 가장 좋아하는 예약은 여행과 교통편 예약이다.

대중교통을 잘 이용하지 않는 내겐 기차와 버스 예약이 어려웠는데 나비는 내가 지역을 움직이게 되면 나 대신 예약해준다.

그 속에도 사랑이 숨어 있다.

버스를 탈 때면 멀미가 심한 나를 위해 앞자리와 창가 자리를 예매한다. 기차를 탈 때는 금방 타고 내릴 수 있게 문과 가까운 쪽이면서 풍경 보는 걸 좋아하는 날 위해 창가 자리를 예약한다. 함께 있을 때도 창문 옆자리를 나에게 양보하면서, 함께 있지 않을 때도 그는 나를 위해 창가를 예약한다.

아날로그 감성인 나는 기차와 버스를 탈 때면 핸드폰은 잠시 내려둔다. 덕분에 음악을 들으며 지나가는 풍경을 보고 공상과 사색을 즐겨한다. 나비가 창가 자리를 예약한다는 건 그런 나를 알고 있고 위한다는 세심한 마음에서 비롯된 것이다. 나는 그 속에서 사랑을 느낀다. 뭔가 대접을 받는 기분이랄까.

물론, 귀찮은 예약을 내가 하지 않아도 된다는 이유도 있다!

시간이 지나고 나서
깨달은 것들

나비를 만나기 이전의 마지막 연애가 끝나고 누군가와 사랑하는 일을 멈추었다. 지난 연애들을 곱씹으며 혼자 산책하는 동안 참 많은 생각들을 했다. 오랫동안 생각한 결론은 '지난 내 연애들은 건강하지 않았구나.'였다. 물론 나빴던 순간만 있었던 것은 아니다. 내가 내린 결론은 연애뿐만이 아니라 자기 자신조차 건강하지 않았다는 뜻이다.

누군가를 만나면 때때로 지난 연애들의 안 좋았던 기억이 트라우마로 남는 경우가 생겼다. 내가 하얀색 도화지라면 잠깐 만났던 사람이라도 그 사람의 색이 묻어, 다음 연애에 영향을 끼치곤 했다. 그 색들은 점점 커지면서 뭉치고는 했다. 물론 그렇게 뭉친 색들은 예쁘거나 밝은색이 아닌 어둡고, 칙칙했다. 나는 그것을 지난 연애의 흠이라고 불렀다.

그러다 혼자 있는 시간을 가지며 그런 내 생각이 잘못됐다는 것을 알게 됐다.

내가 하얀 도화지였을 거라는 생각. 그건 착각이었다.

반대로 생각하면 그들에게도 내 흔적이 묻어있을 것이고 사람에 따라 처음부터 나를 하얀 도화지라고 생각하지 않았을지도 모른다는 말이다. 상대방은 그저 자신이 좋아하는 색으로 나라는 도화지에 색칠했을 뿐이라는 걸 그제야 알게 됐다. 나뿐만이 아니라 그들도 참고 이해했던 순간들이 많았겠구나. 우리는 그 순간 서로에게 최선을 다했지만 서로에게 닿지 않았을 뿐이었구나.

이제야 제대로 이별을 받아들인다.
이제야 진짜 헤어질 수 있었다.
내게 묻어있다고 생각했던 색들이 사라져 간다.

시간이 지나고 나서야 이해 가지 않던 것들을 하나씩 깨닫기 시작했다.

마치 지금처럼.

잘 가.

시간이 달리면
바뀔지도 몰라

예쁘고 소중한 건 아껴두고 맛있는 음식은 마지막에 먹는 성격의 소유자였다. 지나고 나니 예쁘고 소중한 건 그대로 방치해두어 녹슬거나 빛이 바랬고 마지막에 맛있는 음식을 먹기엔 배가 불러서 못 먹게 되는 순간이 많아졌다.

시간이 달리고 처음과 다른 모습과 색이 되었을 때. 그때는 이미 늦어버린 후이다.

그때 그대로 쓰고 맛봐야 좋은 것임을 왜 이제야 알았을까.

그때 그 순간 마음껏 사랑하고 즐겨야 했는데 나중이 있을 거라는 나의 욕심에 놓쳤을까.

꿈과
긍정적인 조각사

대쪽 같이 곧은 뿌리를 가진 사람을 좋아한다. 고지식하고 고집스러운 것이 아닌 자신의 주관이 뚜렷한 든든하고 튼튼한, 뿌리 깊은 나무인 사람.

나는 나라는 사람을 지칭할 때 항상 사막이라고 표현했었다. 풀 한 포기도 자라기 어렵고 신기루가 존재하는 그런 사막에서도 오아시스, 비, 바다가 존재한다. 하지만 시간이 지나고 나니 사막에 필요한 것은 수분이 아니었다.

그저 힘듦을 기댈 수 있는 든든함과 땀을 식혀주고 쉼이 되어줄 그늘을 가진 나무, 그런 나무가 필요했다.

아마 나는 그런 사람을 매일 생각하고 구체적으로 꿈꾸었기에 지금 나무 같은 사람을 만난 게 아닐까? 초등학교 때 읽은 <SECRET>이라는 책처럼 자신이 간절하게 바라고 구체적으로 꾸는 꿈에 대해서는 이뤄지기 마련인가 보다.

이런 사람, 저런 사람에서 나무 같은 사람으로.

늘 꿈에 바랐는데,
신기하게도 정말 꿈처럼 나타났다.

간절하게 바라고 긍정적으로 생각하는 것은 인생을 뒤바꿀만한 정말 엄청난 영향을 가져온다.

그걸 많은 사람이 알았으면 좋겠다.
당신은 당신이 원하는 꿈을 조각할 조각사라는 걸.

건강한
사랑

서로가 서로에게 좋은 영향을 끼치며 시너지 효과를 일으키는 커플들이 있다.
몇 번이고 같은 계절을 걸었고 호흡도 꽤 잘 맞는 사람들.
그런 그들을 부러워할 때가 있었다. 그들을 보며 '내 사랑만 이렇게 힘든 건가.' 푸념 섞인 말도 했었다.

그랬던 시절이 무색하게 나비와 나는 자연스레 서로가 서로에게 좋은 영감을 주는 사이가 됐다. 연인이면서 가장 친한 친구였고 서로서로 뮤즈인, 이보다 더 좋을 순 없는 관계.

홀로서기를 준비하면서 많이 위태로웠던 나에게 나비는 홀로 서는 게 아니라 함께 나아가는 것이라고 말해 준 적이 있었다. 내가 더 알고 싶은 부분에 대한 자료와 자신이 알려줄 수 있는 부분은 최대한 알려주었으며 함께

강의를 듣거나 내가 들을 수 있도록 방향을 가르쳐 줬다. 뒤돌아서 생각하면 모든 걸 나비에게 의존하거나 내게 모든 걸 다 알려준 건 아니었다. 그는 그저 궁금증을 내게 던져주곤 내가 스스로 그에 맞는 답을 찾을 수 있도록 지켜봐 주었다. 나비는 내게 그런 사람이다. 작아져도 괜찮고 넘어져도 괜찮다고 말해주는 사람. 내가 넘어졌을 때 다시 일어날 수 있도록 지켜봐 주는 이러한 관계가 건강한 사랑이 아닐까. 마치 우리처럼.

생일이 특별하다는
것을 알려주기

생일, 어린이날, 크리스마스가 매년 나에겐 가장 연례행사하는 날이다.
'생일은 내 생일이니까!'라는 마음과 어린이날, 크리스마스에 선물을 받지 못한 어린 시절이 떠올라 어른이 되고 나서는 내가 나에게 선물을 하는 날로 정했다.

사실 과거에 저 날들의 대부분은 우울하고 실망감이 크던 날이었기에, 지금은 행복하게 보내고 싶은 보상심리 때문이라도 더 챙기는 편이다. 그런데 나비는 나와 다르게 생일을 특별하게 생각하지도 챙기지도 않는다고 했었다. 어쩐지 나는 그것이 울적하고 서글퍼졌다.

나처럼 특별하지 않았던 날들을 보냈기에 이제는 기대하지 않는 게 아닐까 하는 생각 때문에 그 말이 내겐 덤덤한 슬픔으로 느껴졌다. 내겐 나비가 생일을 기대하게 해 준 사람이기에 처음으로 보내는 나비 생일을 세상에서 가장 행복하게 만들어 주고 싶었다. 직접 끓인 미역국과 직접 제작한 세상에 단 하나뿐인 나무 반지에 손수 쓴 편지를 준비했고 편지를 낭독했다. 첫 줄을 읽자마자 울컥했는데 참다 참다 결국 울고 말았고, 우리는 서로를 껴안고 한참을 바다를 만들었다.

당신이 태어난 날은 당신을 사랑하는 사람에게도 아주 소중한 날이라는 걸 알아줬으면 좋겠다. 각자 다른 곳에서 태어나고 자라서, 이렇게 만나 서로를 사랑하는 것은 기적과도 같은 일이니까.

어디를 가든
그려지는 사람

나비 혼자 제주도 여행을 떠난 적이 있다. 여행 겸 일도 해야 했기에 함께 가지는 못했지만 계속 같이 있는 기분이 들었다. 자고 일어나면 어디에서 무얼 하는지, 무얼 보고 무슨 생각이 났는지 미주알고주알 연락이 가득 와 있었다. 그는 자신의 일상에 내가 늘 있다며 어디에 가던 내가 그려진다고 말했다.

맛있는 음식을 먹어도, 노래를 들어도, 좋은 곳에 가도 그는 내가 항상 같이 있는 것 같았고 어디서든 내가 생각난다고 말했다.

나도 마찬가지였다.

평소에도 좋은 것을 보고 맛있는 음식을 먹으면 함께 하고 싶은 사람이 떠오른다.

그 생각은 사이가 좋을 때든 다툴 때든 어김없이 드는 생각이다. 오히려 다툰 날에는 더 많이 보이고 생각이 난다. 잠시 떨어져 있는 것도 이렇게 애타는데 우리가 20년도 넘는 세월을 그동안 어떻게 모르고 떨어져 살았는지 정말 알다가도 모를 일이다.

비교하지
않아도 되는 이유

우리 커플을 좋게 보던 친구와 대화하던 도중에 고민을 털어놓았다.

"너희가 너무 예뻐서 내 옆에 있는 사람과 자꾸 비교하게 된다? 그러면 안 되는 거 나도 잘 아는데 너희가 예쁠수록 내가 초라해지고 그 사람이 미워지더라. 둘 다 직업이 그래서인지는 몰라도 표현이 풍부하고 확실하잖아. 너희처럼은 아니어도 우리도 처음엔 이러지 않았다는 생각이 들어서 예전 모습이 그립더라고. 너도 우리 만나기 전부터 봐와서 잘 알잖아. 나도 네 말 듣고 여러 가지 노력을 해봤는데 잘 안 돼. 물론 꾸준히 해야겠지만. 근데 내가 너무 지쳤나 봐."

친구의 말을 듣고 기나긴 대답을 했다.

“그렇게 생각할 줄 몰랐어. 그렇지만 너도 알잖아. 네 사람이 말은 그렇게 해도 행동으로 그렇지 않다는 걸 표현하잖아. 여자 친구 친구인 나에게도 잘하고 내가 무슨 일이 있으면 너와 네 사람 둘 다 같이 화를 내주잖아. 나비도 나도 처음부터 표현을 잘하는 사람이 아니었던 건 알지? 우리도 초반이라 이러는 건가 싶을 때도 있어. 시간이 지나면 변할까 봐. 나중이 걱정돼. 나의 지난 과거와 경험으로 내가 같은 실수를 할까, 겁이 나. 절대 잃고 싶지 않은 사람이라 더 많이 노력하는 것 같아.

한때 나는 보여주기식의 사랑에만 굉장히 급급했어. 누가 봐도 이 사람이 나를 사랑하는구나, 라는 게 보이는 사랑 말이야. 사랑받고 싶었고 사랑받고 있다는 걸 보여줘서 내가 괜찮은 사람이란 걸 인정받고 싶으니까. 내가 아니라 타인의 참 잘했어요 도장을 찾게 되더라. 경쟁이 아니라 사랑인데.

하지만 지금 나비를 만나고 나서는 그런 건 아무것도 소용이 없다는 걸 알게 됐어. 당장 눈앞에 보이는 사랑에만 급급하던 내 마음이 여유로워 진 건, 대화도 많이 하고 서로를 잘 알아가려는 노력 때문일 거야. 나도 시간이 지나면 똑같은 고민을 할지도 몰라.

어쩌면 우리는 상처 받기 싫고 겁을 먹어서 더 그럴싸해 보이는 걸지도 몰라. 우리는 우리만의 방법으로 사랑하는 거고 너넨 너네만의 방법으로 사랑하는 거잖아. 각자 다 다른 사람을 만나서 사랑을 하는 거니 방법도 비치는 모습도 다 다를 수밖에.

그럼에도 불구하고 우리는 서로를 택했고, 사랑하고 있잖아. 이런 고민을 하고 이야기를 나누는 순간조차도 사랑하니까 하는 게 아닐까 싶다. 나는."

생각이 많이 드는 대화였다.

예쁘고 아름다운 걸 보면 본질 자체를 보는 것이 아니라 자동으로 생기는 부러움에 자신과 비교를 한다는 것은 흔하디흔한 일이었다.
주변에도, 현재의 나에게서도.

울적하고 속상한 마음이 들었다. 친구를 이해하지 못해서가 아니라 나도 그런 사람이었고 그런 사람이기에.

우린 우리의 사랑을 우리 방식대로 그려나갈 뿐, 우리도 크게 다를 게 없었다. 한 번도 안 싸울 수는 없다. 각자 다른 사람임을 인정하는 것이 시간이 들수록 잊어가게 되는 것이 오래된 연인들의 가장 큰 고민이 아닐까.

오래 만날수록 서로가 당연해지지 않았는지 뒤돌아보게 된다.

처음 시작할 땐 같아서, 달라서 사랑했는데 그 다름을 시간이 지나면서 처음과 달리 변형되는 시선으로만 바라보는 것 같아서.

어쩌면 시간이 지나면 나도 나비도 이 순간을 잊고 그럴지도 모른다. 설령 그런다 한들 우리는 우리만의 방식으로 나아가고 싶다. 비교하지 않아도 된다. 이미 당신은 보석이다. 당신을 사랑하는 사람은 당신이 보석이라는 걸 알기에 사랑하는 것일 테니. 누군가는 그런 당신을 부러워한다.

완벽한 사람이 없듯이 나도, 다른 이들도 마찬가지이다. 사랑에 완전하길 바라고, 내가 사랑하고 나를 사랑해 주는 사람이 완전하길 바란다면 그것은 인형 놀이일지도 모른다. 이미 우리에게 온 기적을, 우리는 색이 바래지 않도록 닦는 것이 더 중요한 일임을 잊지 말자.

과거 일
들쑤시기

연인 사이에서 가장 하지 말아야 할 것 중 하나가 과거에 서로가 서로에게 잘못했던 일을 다시 끄집어내는 일이라고 한다. 그 이유가 싸움을 더 크게 만드는 것 때문이라고.

하지만 상처받았던 자리가 금방 괜찮아지는 건 아니다. 사람에 따라 자라온 환경에 따라 누군가에게 더 오래 남을 수도 있고 빨리 사라질 수도 있다. 나에게 아주 먼지만 한 일이 누군가에게 우주만 한 크기로 느껴지는 것처럼. 상처받는다는 것은 그런 것이다.

한 번은 나비와 함께 티브이를 보는데 우리가 다퉜던 내용과 비슷한 이야기가 나왔다.

아직 내게 남은 상처가 있었는지 나도 모르게 "나도 저랬는데..." 라며 혼자 중얼거렸다. 계속 보며 이야기를 하다, 결국 우리가 다퉜을 때 내가 상처받았던 이야기를 다시 꺼내게 됐다. 이야기하다 나는 눈물이 터졌고 그런 나를 보며 나비가 말했다.

"당신의 상처가 끝날 때까지 자꾸 생각나면 생각날 때마다 말해줘요. 그걸 내게 풀었으면 좋겠어요."

내가 대답했다.

"나만 상처받은 게 아니잖아요, 나도 약속을 지키지 않았고 나도 상처 줬잖아요.. 티브이, 책, 전문가나 미디어 채널에서는 싸우거나 다퉜던 이야기를 이미 끝난 이야기라면 다시 꺼내지 말라는데 나비는 왜 이야기하라고 해요? 보통은 이미 지난 이야긴데 왜 또 꺼내냐며 더 다투게 되잖아요."

"서로 상처받았지만 내가 당신에게 더 많이 상처 줬잖아요. 계속 풀었으면 좋겠어요."

나비의 말을 듣고 더 울컥해서 목이 멘 채로 말했다.

“누가 더 상처받고 그런 게 어딨어요.. 내 상처가 제일 큰 법이지..”

“미안해요, 상처 줘서. 그래서 나로 인해 받은 상처를, 단순한 말로 한순간에 다 끝낼 순 없으니 생각날 때마다 내게 풀었으면 좋겠어요.”

그 말이 끝나자마자 나비는 나를 안고 사랑한다고 말했다.

이미 상처 난 곳을 아무리 덮는다고 해도 완벽하게 그 상처가 가려지는 건 아니다. 덮어도 피고름은 올라오고 시간이 지나야 딱지가 가라앉는다. 상처를 덮는 것만이 방법이 아니라 잘 관리해줘야 상처가 흉터로 남지 않는다.

사랑도, 사람도, 관계도 그렇다.

권태기가
우리에게도 올까?

문득 그런 생각이 들어 나비에게 질문을 했다.

"우리도 권태기가 올까요?"

빙그레 웃으며 "우리는 서로 캐릭터가 너무 독보적이라 올 수가 없어요."라고 대답하는 나비.

그런 당신을 보고 나도 웃는다.

설령 그런 날이 오더라도 당신을 사랑하지 않는 순간은 없을 거야.

사랑하는 여자를 위한다면
남자가 꼭 알아야 할 팁

생리통이 심한 나는 생리가 시작되면 진통제를 욱여넣곤 하루 이틀은 꼼짝없이 누워 있다. 때에 따라 고통의 정도가 달라서 병원도 다녀보고 했지만, 생리통엔 정확한 원인이 없기에 그대로 견뎌 내거나 약을 먹으며 버티는 방법밖에는 없다. 생리통에 좋다는 건 다 해봤는데도 어떤 날은 정말 응급실 실려 가야 하는 게 아닌가 싶을 만큼의 고통이 찾아오기도 한다. 사람마다 다르지만 생각보다 꽤 많은 여자들이 생리통으로 병원을 오간다. 몸도 아픈데, 내 마음이 내 마음 같지도 않고, 별일이 아닌데도 불구하고 짜증과 화가 튀어나온다. 그러다 대뜸 눈물이 나기도 하고 나조차도 이런 모습이 감당이 안 되는데 사랑하는 이에게 이런 모습을 보일 때마다 미안하다.

호르몬 변화 때문이라지만 정말 너무나도 고통스러운 일이 아닐 수 없다.

그날도 생리통으로 몸져누워있는데 나비가 여자한테 미역이 좋다는 이야기를 들었는지, 요리를 잘하지 못하는 사람인데도 불구하고 미역국을 끓여줬다. 요리 방법을 찾아가며 재료를 사 왔고 우당탕 소리를 내며 미역국 끓여주었다. 짜증이 쏙 들어갈 만큼 고마웠다. 무조건 이해해 달라는 말과 매번 이렇게 해달라는 것은 아니다. 정말이지 그날은 내가, 내가 아니라, 본능만이 남은 한 마리의 짐승과도 같게 느껴진다. 신체적으로 아이를 갖기 위해 여성이 감내해야 할 자연스러움이라지만 그 날만큼은 많이 안아줬으면 한다. 희한하게도 크게 다투거나 큰 소리가 오갈 때는 대부분 그날 직전 날이라거나 그 날인 경우가 굉장히 많으니까 말이다.

사랑
흉내 내기

한동안 술에 빠져 살았던 시간이 있었다. 술맛이 좋지 않아도 마신 후의 술 취한 기분이 좋아서였다. 매일 밤 집에 들어가면 적막한 어두움과 고요하게 쌓인 먼지가 싫었다.

술에 취하면 몸이 붕 뜨는 듯 세상 모든 게 다 용서가 되고 사랑스러워 보였다. 그러면 거울 속에 비치는 나도, 꽤 사랑스러워 보였다. 그렇게라도 사랑을 흉내 내고 싶었나 보다. 발그레해진 볼과 커지는 웃음소리가 온몸으로 사랑받고 싶다고 술에 기대, 사랑을 흉내 냈었다. 그러면 덜 외로우니까. 이 밤이 더는 쓸쓸하지 않으니까.

그때 나는 어디에도 둘 곳 없는 마음을 술에게 주었다. 외로웠으니까. 이름 모를 먼지가 될 것 같아서, 어두운 방을 아무도 보려 하지 않아서, 사랑받고 싶어서, 기대고 싶어서.

감히 사랑을 흉내 냈다.

프라이버시는
지켜주기로 해

핸드폰을 뒤져보는 것.
지금보다 좀 더 어릴 땐 나도 했고 상대도 했었다. 하지만 연인이라 해도 더는 뒤적거리며 보지 않게 된 계기가 있는데, 내가 집에서 자는 틈을 타서 같이 있던 전 x가 내 핸드폰을 뒤적이며 보다 내게 걸렸기 때문이다.

평소에도 민감하고 예민한 성격인 나는 자다 말고 싸하다는 느낌에 눈을 번쩍 떴고, 내 핸드폰을 보며 표정이 굳어진 x를 보았을 때 피가 차갑게 식는 듯한 느낌을 받았다. 분노가 치밀며 x에게 욕지거리를 내뱉었다.

"미쳤어?! 너 사이코야?! 내가 자는 틈을 타서 핸드폰을 뒤져봐? 당장 내놔. 그리고 이 집에서 나가! 이 미친 새끼! 너랑은 끝이야. 당장 꺼져!"

아무런 말 없이 x는 나갔고 그 길로 우리는 헤어졌다.

딱히 뒤가 구려 문제 될 것도 없었지만 내가 이렇게 예민하게 군데에는 분명한 이유가 있었다. 핸드폰 메모장. 그 메모장에 나는 오랫동안 일기를 써왔는데, 그 글은 누구에게도 보여주지 않을, 그날그날의 내 솔직한 감정 쓰레기통과 같은 것이었다. 어디에도 터놓을 수 없는 마음을, 온전하게 나를 드러내고 표현할 수 있는 추악한 밑바닥 말이다. 그 메모장은 나의 19호실이었다.

그런데 x가 그 메모장을 본 것이다.

모든 비밀과 나의 밑바닥이 까발려졌다는 사실에 수치스럽고 화가 치밀어 올랐다. 바득바득 이가 갈리며 x를 죽이고 싶다는 생각만이 가득 찼다.

평생 아무에게도 보여주지 않을 내 바닥을, 내 의지와 상관없이 도둑질로 꺼내 본 것과 다름없었으니까.

너무 수치스럽고 사람 대 사람으로서 너무 끔찍한 일이었다. 연인이라고 해서 핸드폰을 뒤져보는 게 이렇게 끔찍한 일이라고 전혀 상상하지 못했던 나는 그날 이후론 절대 핸드폰을 보여주지도 보려 하지도 않았다.

지금 연인인 나비를 만나서 이 이야기를 하니 나와 똑같은 반응이었다. 연인과 가족 사이에도 비밀은 존재할 수 있다는 말을 나비는 깊게 공감하고 이해해주었다. 시간이 오래 지나서 서로에게 비밀이 없어지고 스스로가 서로의 바닥을 보여준 것과 그게 아닌 내 의지와 상관없이 누군가 몰래 훔쳐보는 것에 대해서는 아주 끔찍한 일이라며 나를 알아줬다.

우리는 지금도 서로의 핸드폰은 보지 않고 있다. 숨길 것도, 숨기고 싶은 것도 없지만 개인의 프라이버시는 존중하기로.

연인이라고 해서 서로의 핸드폰을 뒤적여 알게 된 내 친구나 주변인들에 비밀을 함부로 아는 것은, 반대의 입장이 된다면 너무나도 끔찍한 이야기다.

타인의 핸드폰을 뒤적였다면 이제부터라도 하지 않는 게 당신과 상대를 위한 좋은 선택이다.

믿음이 존재한다면 서로 묻지 않아도, 서로를 알려주고 전하지 않아도 될 말을 알아서 걸러낸다. 그건 사랑하는 연인이라서가 아니라 사람과 사람 사이에 최소한의 예의와 존중이다.

비밀도 자존심도 없는 사이

가난에 대한 정의를 완전히 이해한 것은 내가 고등학교 때다. 누구나 가난할 수 있으나 그 가난이 나만은 피해 갔으면 하는 건 욕심이 아닐 것이다. 오래된 친구에게조차 말하지 못한 일이 많았다. 구질구질하고 자존심 상하는 순간들.

가족도 모르고 나도 꺼내 본 적 없는 내 비밀을 나비에게는 서슴없이 모두 다 이야기한다. 차마 어딘가에 소리 내어 말하기라도 하는 날엔 내 세상이 끝날 것만 같은 이야기들도 말이다.

종종 슬픔을 삭이려 세상엔 꺼내지 못한 글들을 적을 때조차 이런 글을 적었다며 나비에게 다 이야기하곤 했다.

세상에 한 명쯤에게는 진짜 나를 드러내도 되지 않을까 싶은 마음에서 비롯된 시작이었다.

나도 어떤 특정한 말을 듣고 싶어서 나비에게 털어놓은 건 아니었다.

“그냥, 그런 일이 있었어요.”

내 이야기가 끝나면 나비는 내게 다가와 머리를 쓰다듬어주고 안아준다.

한때는 이런 말을 하면 세상이 끝나거나 내 곁에 있는 사람이 떠날 거라는 생각을한 적이 있었다. 실제로도 내가 가진 비밀 중에서 작은 비밀 하나를 꺼냈을 뿐인데 누군가는 부담스러워했고, 불편해하거나 떠나가기도 했다. 그런 반응일 줄 몰랐기에, 나는 철저하게 나를 숨기고 감춰왔는지도 모른다. 나처럼 누구에게나 가슴속에 품고 다니는 무거운 종이 보따리가 있을 거라 생각이 든다.

사랑하는 사람에게 무거운 짐이 되고 싶지 않은 마음에 꺼내지 못한 이야기가 누구에게나 있지 않은가. 꼭 두 눈을 맞추며 이야기하지 않아도, 언젠가 무거운 종이 보따리를 다 풀어도 괜찮은 사람이 나타난다. 어쩌면 내가 원하는 반응도 그러하지 않았을까 싶다. 그런 이야기를 들어도 아무렇지 않은 사람. 그냥 그랬구나, 하며 고개를 끄덕여 줄 사람.

사랑하는 이에게 나도 그런 사람이 되고 싶다.

언제나 기댈 수 있는 사람.

비가 오나 눈이 오나 햇살이 아프게 내리쬐도 그늘 속에서 기대어 쉴 수 있는 한 그루의 나무 같은 사람. 우리 사랑엔 더는 자존심도 비밀도 없다.
설령 있다 하더라도 우리는 괜찮다며 서로 고개를 끄덕일 것이다.

그것만으로도 알 수 있다.

'괜찮다. 그것이 잘못된 게 아니다.'라는 마음을.

나는 너를
기다렸다.

'장윤주의 April'이라는 노래를 좋아한다. 이 노래를 처음 들었을 때 나는 노래 가사처럼 누군지는 몰라도 언젠가 만날, '나른한 오후의 꿈같은 사람'을 기다렸다.

요즘 나비를 보면 이 노래가 생각난다. 노래를 들으면 금방이라도 주황색 조명을 켜고 침대 위에 서로를 안고 누워, 노래해야 할 것만 같은 기분이 든다. 딱 그만큼 나른해지는 노래다.

아, 그때도 잘 어울렸다. 비행기를 기다리며 해외 공항 카페에 앉아있던 날. 멀미를 가라앉히려 끙끙대던 내 모습과 그런 나를 걱정하며 바라보던 나비. 그런 최악의 상황들과는 너무 안 어울리게 햇빛이 너무 좋았던 날.

속이 메슥거리고, 머리는 어지럽고, 무거운 짐이 양손 가득에, 비행기에 대한 두려움이 가득했었는데 조 그런 것들이 하나도 생각나지 않을 만큼. 햇빛 아래, 당신이 아름다웠다.

'아, 나는 너를 기다렸다.'

나른한 오후의 꿈같은 사람을 찾았어요.

아름다운 나비, 나는 너를 기다렸어.

우는
남자

가족 관련 글을 적다가 울적해져 혼자 이불 뒤집어쓰고 동굴 속에 숨어 있던 적이 있다.
괜히 나비가 걱정할까 봐, 아무렇지 않은 듯 동굴 속에서 일을 하고 책을 읽으며 울고 있었는데,
나비가 집에 찾아왔다. 급하게 달려오던 나비는 나를 보자마자 울며 말했다.

"미안해요. 아무것도 모르고 일 이야기만 했는데 글 올린 거 보고 알았어요. 많이 힘들었지? 내가 미안해요, 미안해."

나비에게는 숨겨도 숨겨지지 않는다.
이 사람에게는.

어느 겨울날엔 나비와 다투다가 맨발에 슬리퍼만 신고

함께 일하던 사무실에서 나가버렸던 적이 있었다.

당장 나왔지만 집은 너무 멀고 갈 곳도 없었다. 그 와중에도 내가 갈 곳 없다는 걸, 아는 나비가 나를 찾아다니다 서로 길이 엇갈릴까 싶어 다툰 와중에도 근처 공원을 서성였다. 내 생각처럼 나비는 나를 찾아다니다 사무실로 돌아왔고 추워서 빨개진 내 발을 보고 차갑다며 운 적도 있었다.

너무 차갑다며 발을 동동 구르다가 따뜻한 물주머니를 만들어 영영 녹지 않을 것 같던 내 발을 정성스레 감쌌다.

엉뚱하게도 우는 당신을 보며 난 그 모습 속에서 사랑을 느낀다.

그 모습이 어떨 때는 코가 시큰거린다.

결국 서로를 안으며 같이 울었다.

나를 위해 나보다 더 울던 그때의 나비가 생각난다. 나보다 나를 더 아끼는 사람, 한걸음에 달려와 나를 안으며 울만큼.

이 사람은 나를 얼마나 사랑하는 걸까.

나방 아니고 나비

많은 연인이 자신들의 애칭을 정해 부르듯 우리에게도 그런 애칭이 있다.

달 나비.

달 나비는 우리 커플을 부르는 애칭이다.

내 본명의 뜻은 한글로 달이라는 것에 비롯된 의미와 나비라고 부르는 애칭에는 여러 의미가 있다. 종종 세상엔 영혼이 흰나비가 되어 나타난다는 말을 들은 적이 있다. 그런 말 때문인지는 몰라도 드라마 도깨비에서 조차 흰 나비는 신으로 표현됐다.

그래서 사랑하는 이에게 가장 큰 의미를 담고 싶었던 나는 '당신은 나의 영혼', '나의 세상'이라는 의미를 담았다.

이렇게 좋은 의미를 담았기에 나쁜 말을 할 수가 없었다. 한 날은 나비가 너무 미워서 나쁜 말을 할 단어를 찾다, 입을 오물오물 거리며 씩씩거렸다. 결국 내 입에서 나온 말은

"이... 이.. 이!!! 나방아!!!"였다.

충격이 컸는지 나비는 가득 상처받은 얼굴로 "나방 아니야!!!!!!!! 흐앙!!"이라고 외쳤고 그 반응에 웃음이 터진 나는 결국 미워하는 마음을 풀 수밖에 없었다.

이거, 이거. 본인이 귀여운 거 다 아는 것 같다.

무척 귀엽고 사랑스러운 사람.
최대한 나쁜 단어를 골라서 한 말이 겨우 나방이라니.
그 말을 들은 나비는 나방 아니라고 외치며 울먹거리질 않나, 웃기는 커플이다.

소원을
말해봐

나비는 내가 무슨 말만 하면 다 들어주려 한다.

지나가는 자동차 보면서 생각 없이 "차 사줘."라니까 조금만 기다리라고 하질 않나. 길가다 "그럼 나는 저런 큰 빠방이 사줘." 하면 진지하게 "도대체 얼마나 크게 긁어먹으려고!"라고 말해놓고 "작은 거 사."라고 덧붙인다. 놀랍게도 우리 둘은 차는커녕, 면허도 따지 않은 뚜벅이다.

나비 반응에 맛들린 나는 또 장난을 쳤다. "나는 이거 하고 싶으니까 돈 벌어와!"라고. 그럼 나비는 그건 너무 비싸다 해놓고는 한 마디를 덧붙인다. "돈 벌어올게."

막상 저렇게 해준다고 하면 으악 소리를 내며 도망가는 나인데, 나비는 진지하게 다 해주고 해 줄 것처럼 이야기한다. 실제로 내가 말만 하면 다 해줘서 가끔 요술램

프 지니인가 싶어서 괜히 나비 볼을 만져본다. 대부분의 여자 마음이 이러하지 않을까 싶다. 내게 억만금을 달라는 게 아니다. (물론 진짜 억만금을 주면 엄청 좋아하겠지만.) 실제 내가 바라는 것은 그저 내가 한 말에 그러겠다고 서슴없이 대답해주는 것이 좋아서일 것이다. 내 부탁을 하나도 들어주지 않아도, 나는 당신을 사랑할 것이다. 좋은 건 내게 다 가져다 주려 하는 마음이 예뻐서 꼭 공주님 된 기분이다. 현실은 귤만 까줘도 공주님 같은 기분인데, 그런 사소한 말과 마음이 좋다.

큰 걸 바라는 게 아니라.
그 마음과 말들이 너무 예뻐서 내 어깨를 으쓱하게 만든다.

나중엔 나비 빠방이로 데려다주고 데리러 가야지.

누나 차 뽑았다. 널 데리러 가.

당신이 힘들 때
내가 할 수 있는 거라곤

속상한 일이 생겼을 때 한숨을 쉬는 나비를 보며 내가 할 수 있는 거라곤 다 괜찮을 거라며 안아주는 것뿐이었다. 하필 나비가 힘들었을 때 나는 병원에 입원 중이었다. 그런데도 나비는 내가 입원하는 동안 매일매일 나를 보러 와주었다.

평소처럼 찾아온 나비는 그날따라 갑작스레 내린 소나기를 맞아, 춥고 힘든 아기 강아지 같은 모습이었다. 그런 모습에 미어져 오는 마음에 나는 내가 더 울 것 같았고, 내가 울면 더 힘든 나비가 애써 웃은 게 무용지물이 될까 봐 아득바득 눈물을 참았다.

나비가 돌아가고 나서 베개가 다 젖을 만큼 참았던 눈물을 흘렸다. 내가 사랑하는 사람을 괴롭게 만든 이를 정말이지, 찢어놓고 싶었다.

누구나 똑같은 마음이 들 것이다. 그런 일이 많지 않은가. 나 욕하는 건 참는데, 가족이나 사랑하는 이를 욕하면 절대 못 참는 것. 딱 그 마음이었다. 귀한 사람이라 나조차도 감히 함부로 하지 않는 사람을 괴롭게 만들다니. 화가 나고 울분이 밀려왔다.

일정이 있던 나비는 일하러 가면서 “너무 속상해.”라는 말을 했다. 그날은 나비가 꿈꿔왔던 일을 하러 가는 날이었기에 그 말이 너무나도 아팠다. 힘들다는 말을 잘하지 않는 사람이 힘들다고 이야기를 했을 때는 엄청난 마음이 든다는 걸 더 잘 알기에 더 그랬으리라.

비슷한 일을 겪어본 나로서 그날 나도 참 많이 울었다. 나비도 역시 “울 것 같아.”라고 말했고 울어도 된다고 했으나 그날은 나비가 꿈꿔왔던 날이기에 울지도 못했다.

우린 아직 20대 어른 아이일 뿐이다.
그날은 어른스럽던 나비가 아니라 딱 우리 나이처럼 보였다. 때때로 처음 겪는 일은 청춘이라는 이름의 값으로 감당하기에 어려운 순간이 있다. 물론 나비가 잘못한 일은 아니었다. 그렇기에 더 화가 났고 지금도 그때를 생각하면 이가 갈린다.

이럴 때는 어떻게 해야 할지 모르겠다.

사랑하는 사람에게 힘든 일이 생길 때, 또 내가 해줄 수 있는 일이 곁에 있는 것 말고는 없을 때, 옆에 있는 것 말고도 실질적인 도움이 되는 사람이 되고 싶다. 어떤 것도 원하지 않았지만 더 도움 되는 사람이고만 싶다.

그런 우리에게도 여느 연인처럼 이별이 찾아왔다

작가가 되고 나서 처음 맞는 이별이었다. 이별 후 내 세상은 무너졌는데 누군가는 내 글로 위로를 받는다. 나는 어디에서 위로를 받아야 할지도 모르겠는데. 다들 내게 감사하다고만 한다. 나는 전날 마신 술로 쓰리디 쓰린 위경련을 앓고 있는데. 며칠 동안 밥 한술도 입에 들어가지 않는데. 그 사람에게 연락이라도 해보고 싶은데. 차마 그럴 수 없다는 걸 알아서 핸드폰을 쥐었다, 놓기를 반복했다.

처음 맞는 이별도 아니면서 손이 떨리고 마치 처음 이별을 맞는 사람처럼 정신이 나가 있었다. 지푸라기 잡는 심정으로 지갑을 들고 뛰쳐나가 무교인 내가 용하다는 사람에게 재회 점도 봤다. 그깟 사랑이 뭐라고, 온 세포 하나하나가 나를 괴롭게 만들었다. 아마 그 누구보다 특별한 사람이었기에 그랬으리라. 나는 그동안 있을 때 잘

해야 한다고 생각했다. 헤어지고 재회 상담이나 재회 운까지 보는 사람들을 보며 신기하다고 여길 정도였는데. 내가 점을 보고 앉았다. 할 수 있는 거라곤 내겐 그것뿐이었다. 절박했으니까.

절박하게 말하는 나를 보고 신점을 봐주는 사람이 말했다.

"다시 만날 거니 굶지 말고 얼른 집 가서 숟가락 들고 밥 먹어요."

누군가에게 위로받았다는 사실이 나를 울렸다. 고장 난 수도꼭지처럼 주룩주룩 참았던 눈물이 흘렀다. 나는 저 사람의 이름도 모르는데 그 말 한마디에, 위로받았다는 사실에, 다시 만날 수 있을 거라는 희망에 한참을 목 놓아 울었다.

집에 돌아와, 위로받았던 말처럼 밥을 먹으려고 간신히 든 숟가락 앞에서 나는 밥도 먹지 못하고 울기만 했다.

이별은 이토록 끔찍했다.

내 세상이 무너졌다.

그게 사랑하는 사람과 헤어진다는 것이었다.

힘들지 않은
사랑은 없을까?

며칠 안 돼서 우리는 다시 만났다. 서로 이별을 말했던 이유는 나는 제정신이 아니었고, 나만큼 그도 힘들었다. 절벽에서 떨어져 이곳이 바닥인 줄 알았건만, 나는 아직도 계속 떨어지는 중이었다. 끝나지 않고 반복되는 힘든 상황들이 서로를 놓아야 할 만큼 판단을 흐려놓았다.

힘들지 않은 사랑은 없을까.

왜 하필 이렇게 내가 견디기 힘들 때 사랑하는 이를 만나게 된 것일까.
나는 이 사람을 놓아줘야 하는 것인지, 그게 서로에게 더 맞는 선택인지를 계속 생각했다.

하지만 우리는 서로 떨어져 있던 시간을 보내며 서로가 없으면 안 될 것 같다는 결론을 내렸다. 아마 얼마의 시간이 지나던 우리는 그때처럼 또 헤어져야 하는 순간을 맞이할지 모른다. 하지만 그때처럼 우리는 서로를 또 찾지 않을까.

시간이 흐른 뒤 어느 날 나비가 내게 물었다.

"그럴 일이 절대 없을 거지만 만약에 우리가 헤어지게 된다면 우리는 다시 만나게 될까?"

내가 대답했다.

"우리는 하는 일도 같고, 아마 서로 각자의 시간을 보내다 결국 다시 만나게 되지 않을까? 나는 당신을 처음 봤던 순간을 아직도 기억해. 부담 주려는 말이 아니라, 나는 나비가 아니면 원래대로 비혼주의자로 살아갈 거야. 어떻게든 다시 만나게 될 인연은 돌고 돌아서라도 다시 만나게 된대. 나는 우리가 그러리라 믿어. 내가 좋아하는 노래 중 'If the world was ending'라고 'JP Saxe'가 부른 노래가 있어. 노래 속 가사 중 '우리가 헤어지더라도 세상이 끝나간다면 내게 와 줄 거지?'라는 내용이 있는데, 이 노래 듣자마자 나비가 생각나더라. 절대 그럴 일 없겠지만 만약에 우리가 헤어진다고 하더라도 세상이 끝난다면 내게 와줄 거지?"

나비가 대답했다.

"그럼, 절대 그럴 일 없겠지만 만약에 우리가 헤어진다고 하더라도 나는 당신을 평생 잊지 못할 거야. 그러니 당신에게 갈게. 서로가 서로에게 가다가 엇갈리거나 길 잃어버릴 일 없게, 미리 장소를 정해놓자. 당신은 거기 있어, 내가 갈게."

서로 눈을 맞추며 약속했다. 말이라도 헤어진다는 말이 싫어, 그럴 일 절대 없을 거라는 말을 똑같이 따라 하는 서로가 귀엽고 또 고맙고, 미안해서. 눈물이 글썽였다.

어떤 순간이 와도 서로를 사랑하고 헤어지지 않을 거라는 믿음이 서로를 더 애틋하게 만드니까. 그러니까 우리가 한 약속처럼 내 끝엔 당신이 있어 줘. 나도 당신 끝에 함께할 테니. 서로 함께 있으면 덜 두려울 테니 우리는 헤어지지 말고 같이 있자. 사랑하니까.

아빠가
알려준 사랑

아빠는 내게 치약은 밑에서부터 짜는 습관과 올바른 젓가락질을 할 수 있도록 가르치셨다. 시간이 흘러 내가 어른이 됐을 때, 누군가를 만날 때면 그 사람의 젓가락질과 치약 짜기는 어디서부터 시작되는지 지켜보곤 잔소리를 했다.

그러다 지금 연인인 나비를 만나게 됐을 때는 올바른 젓가락질도, 아래서부터 치약을 짜는 습관도 아무 상관 없게 되었다.

나비는 치약은 아무렇게나 잡고 사용했고 젓가락질도 엉망이었지만 그런 것은 전혀 문제가 되지 않았다. 내가 그의 집에 갈 때면 그는 샤워기는 늘 벽 쪽으로 뒤집어 놓았고 샤워기가 아닌 수도꼭지에서 물이 나올 수 있게끔 돌려놓곤 했다. 익숙하지 않은 내가 물을 사용했을 때 혹시 물에 젖을까, 나를 배려하는 마음이었다.

그는 홀로 사는 내 집에 놀러 올 때 왔을 때 사용하던 내 칫솔이 다 닳으면 나보다 먼저 새 칫솔로 갈아주었고, 밥을 먹다 젓가락을 떨어트리면 새 젓가락을 가져다주며 괜찮냐고 묻는 사람이었다. 나를 이렇게 사랑하는 사람이 있을까 싶을 정도로 그는 내가 먼저였다.

아빠가 내게 가르치고 싶었던 것은 단순한 습관이 아닌 사소한 것을 보고 중요시하는 마음이 아니었을까. 그게 무엇이든 상대방을 생각하는 마음, 그리고 다름의 차이.

우리는 이렇게도 서로 다르고 맞지 않았다. 하지만 그럼에도 불구하고 우리는 같았고 잘 맞았다. 서로를 맞춰가며 모양은 달라도 소복소복 쌓인 눈처럼. 우리의 시간과 습관은 그렇게 같은 모양으로 계절을 쌓아갔다.

사랑이었다.

안아

일하고 지쳐있던 나비와 새벽에 다툰 적이 있다.
그때 나는 제정신이 아니었다. 우울증인 나는 많이 아팠는지, 나 자신도 나비의 표정도 돌아볼 틈이 없었다. 그런데 다투다 말고 나비는 헐레벌떡 무언가를 찾아다녔고, 찾던 물건을 찾자마자 내게 건네주었다.

그건 전에 내가 선물로 준 '언제 어디서든 무슨 상황이든 쿠폰'이었다. 여러 가지 종류가 있는 쿠폰인데, 나비가 그중에서 포옹 쿠폰을 쥐여줬다. 보자마자 미안한 마음에 나비를 안으니 우린 그제야 둘 다 끅끅거리며 울기 바빴다.

잘못한 건 난데, 나비는 미안해했다. 나는 내가 왜 이렇게 아픈가 이해되지 않는 순간들마저도, 나비는 조금 더 빨리 우리가 되고 싶어서 노력했을 뿐인데. 내가 홀로 있는 시간이 길어진 게 당신은 그저 미안한가 보다.

쿠폰을 내게 쥐여준 나비도, 그제야 정신 차리고 나비를 안던 나도, 서로를 안으며 울던 우리도. 형용할 수 없을 만큼의 감정이 복받쳐 오른다. 이런 아픈 사랑도 있나 보다. 사랑이 늘 행복했으면 좋으련만, 이렇게 아픈 순간도 있나 보다. 왜 하필 아픈 이때, 나는 당신을 만나 사랑해서, 당신을 힘들게 할까.
당신보다 내가 더 미안한 것투성인데. 왜 당신이 미안해할까.

쥐여준 쿠폰은 내게 이렇게 말하고 있었다.

“나 어디 안 가, 여기 있어. 다 괜찮으니까, 그래도 여린 나 좀 안아주라.”

당신에겐 늘 미안하다는 마음만 가득하다.

바다
보러 가자

바다 보러 가고 싶다고 말하면 당신은 그래 우리 도망가자고 대답했다. 나는 그 말이 좋았다. 내가 내 상태를 장황하게 설명하지 않아도 나를 다 안다는 뜻이었으니까.

그러다 당신이 바다 보러 가고 싶다고 말했을 때, 나도 도망가자 대답했지만 결국 여러 가지 상황들로 보러 가지 못했다.

그게 미안했던 나는 A4용지와 색연필을 들고 꼼꼼하지도 않은 허접한 바다 그림을 그렸다. 바다와 하늘, 그리고 그곳을 바라보는 우리를.

다 그린 후에 뒷장에는 편지를 써서 당신에게 선물했다. 유치원생이 그려도 더 잘 그렸을 그림을 가지고 쭈뼛쭈뼛하며 당신에게 건넸다. 이렇게라도 해서 당신에게 바다를 보여주고 싶었다고. 당신이 언제든 도망가고 싶다면 난 기꺼이 당신 손을 잡고 어디든 함께 떠나겠다는 마음을 어떻게든 꺼내서라도 보여주고 싶었다. 사랑한다는 마음을 당신이 눈으로 볼 수 있게.

우리가
바라는 미래

슬픈 영화나 드라마를 보며 함께 울고, 함께 그림 그리다 미래를 그리고, 카페에 마주 앉아 서로에게 편지를 쓰고, 소리 내어 읽어보고 맛있는 걸 먹을 때면 서로에게 가장 첫입을 먼저 주려 다투고, 밥 먹다 첫입과 다르게 마지막 김을 두고 눈치싸움을 시작하고, 같이 양치하다 입에 머금은 물을 서로에게 물대포라며 발사하다 투덕거리고,
서로의 머리를 감겨주며 아톰 머리를 만들고,
같은 베개에 누워 낮잠을 자는 그 모든 순간이 우리가 바라는 미래이자 꿈이었다.

어느 책 제목처럼 마음껏 사랑해도 혼나지 않아도 되는 그런 꿈.

기분
관리사

조금이라도 내 말투가 달라지면 나비는 무슨 일 있었느냐고 물으며 나를 안아준다. 티 내지 않으려고 홀로 슬픔을 삭이려는 내게 나비가 말했다.

“슬플 때 곁에 있어서 다행이에요.”

나비에 다정한 말에 이내 나는 울고 만다.
눈물을 참으려 하니 울어도 된다고 말하는 나비.

꼭 나를 안아주더니 내 코를 입술로 살짝 물며 말한다,

내 슬픔을 다 빨아들인 거라고.

가져가지 말라고 서로 코를 물려 다투다 보면 나비는 내가 원하는 대로 다 될 것이니, 괜찮다고 한다.

나는 눈물이 많다. 나비는 그런 나에 맞춰 내 기분 관리사가 됐다.
내가 더 좋은 사람이 되고 싶고, 나를 성장시키는.

사랑하지 않고서는 버틸 수 없는 사람.
나만의 기분 관리사.

나 말고 당신이 편한 대로

허리디스크 진단을 받고 나서 원래도 밖에 잘 나가지 않던 나는 더더욱 나가기 어려웠다.
그래서 집에서는 늘 위에 속옷을 입고 있지 않았고 내겐 그것이 당연한 일이었다.

누워서 지내는 시간이 많아지니 당연히 살도 늘어나기 마련이었다. 그래서 속옷이 답답했던 나는 집 앞에 편의점, 장을 보러 대형마트를 간다거나, 병원에 가서 허리를 치료받을 때도 두꺼운 옷을 입을 뿐, 위에 속옷은 입지 않고 다녔다.

그날은 나비와 집 앞에서 밥을 먹는데 두꺼운 겉옷에 묻을까, 외투를 벗고 얇은 옷에 앞치마를 입어야 했던 적이 있었다. 혹시 하는 마음에 많은 걸 함축한 뜻으로 그래도 괜찮으냐고 조심스럽게 나비에게 물어봤다.

나비가 대답했다.

"내가 무슨 상관이야. 당신만 편하면 나는 아무런 상관 없어. 당신 편한 게 내가 편한 거야. 타인의 시선은 개인의 자유인데 오히려 잘못하는 것이라고 강요하는 사람들이 문제가 되는 게 아닐까? 나는 당신이 최우선이야."

생각지도 못한 말을 들어 기분이 좋았다.
내가 최우선이라는 말.
어떤 행동을 해도 내가 그러는 데에 있어, 분명한 이유가 있고 그것을 존중한다는 사람.

뭐든 다 내 마음대로 해도 다 이뤄질 것만 같은 기분이었다.

타이밍이
맞아서 다행이야

시간이 지나고 헤어졌던 사람들에게 고마움이 생겼다. 마찬가지로 나비가 전에 만난 사람들에게도 고마워졌다. 어쩌면 그들이 이 글을 읽게 된다면 '네가 뭔데 고맙고 말고 해?!'라고 할지도 모를 일이지만 나는 고마웠다.

누구나 서툰 사람이고 서툰 사랑을 한다.
진짜 자신을 찾고 자신의 사람을 찾아가기 위해 우리는 수많은 만남과 이별을 반복하지만 분명 그 만남과 이별로 인해 경험이 생기고 깨닫는 배움이 있다.

우리도 우리로 만났을 때도 서툰 사람이었다.
각자 전혀 다른 사람이자 성격도 달라서 맞지 않는 부분이 참 많았었다.

사랑을 주고받으면서도 더 달라고 떼를 썼고, 각자 다른 사랑 표현과 다른 성격들 때문에 남들처럼 똑같이 싸우고 이별을 내뱉기도 하고 울기도 했다.

그런 내가, 우리가 되기까지. 그동안 만났던 사람들의 관계와 경험 덕분에 한 번 더 우뚝 설 수 있기도 했다.

한 번 더 상대 입장에서 생각하고 헤아려 본다. 예전에는 같은 상황이었을 때 대처했던 말과 행동이 아닌 다른 선택을 해보기도 한다.

생각보다 이런 경우가 꽤 많다.
아예 사랑을 모르던 사람이 지난 사람으로 인해 조금의 사랑이라도 알았더라면 다음 만나는 사람이 사랑을 더 알려주어 마음을 더 열게 될지도 모르는 일처럼. 많은 사람이 이것의 이름을 타이밍이라고 부른다.

앞으로도 갈 길이 멀지만, 우리에게 온 맞물린 지금 이 시간을 잘 보내야 한다.

내겐 지금이 기적이고 다행이고 선물이고 사랑이고 세상이니까.

그런 사랑,
해본 적 있으세요?

함께 침대에 누워, 똑같이 생긴 베개를 베고 서로 손장난을 치다 웃다, 투덕거린다. 마주친 눈 사이로 수많은 사랑을 주고받으며 말없이 한참을 그렇게, 서로를 바라본다. 두 눈에 계속 담고 싶어서, 온전히 서로의 우주에 담겨 집중했던 날.

서로를 바라보며 당신이 미웠던 순간을 이야기하다, 서로 고슴도치였기에 가시 세웠음을 깨닫는다. 한 살 많은 내가, 넓은 아량으로 봐준다는 우스갯소리에 우린 웃고야 만다.

마주친 눈 사이로 사랑을 주고받으며 미워도 언제까지나 당신을 알아주고 안아주겠노라, 사랑하겠노라는 다짐을 전한다. 그 말을 뒤로 우린 말이 없었다. 잡은 손 위로 한참을 조용히 온기를 주고받던 우리는 서로 울고 있음을 알게 된다. 왜인지 잘은 모르지만, 지금 이 순간 내 곁에 있는 당신이 정말 감사하고 벅차올라서.
우린 울고야 만다.

부둥켜안고 울고야 만다.

사랑
이었다

작년에 경제적으로 힘들 때가 있었는데 하필 건강도 최악이어서 많은 것들이 엉망이었다.

나비를 만나는 연애 초반까지만 해도 상황이 그렇게 나쁘지 않았기에 평소처럼 식당에 밥을 먹으러 가도 서로 먼저 계산을 하겠다고 다투는 일이 자연스러웠다.

그러다 내 경제 상황이 악화되면서, 나비에게 말하지 않고 버티고 있었다. 어느 날 그 사실을 눈치채고 알게 된 나비는 엉엉 울며 말했다.

“내가 그렇게 못 미더웠어? 왜 상황이 이렇게까지 될 동안 말을 안 해. 그동안 혼자 이만큼 힘들어했던 거야? 왜 나를 바보 만들어. 그동안 나는 아무것도 모르고.. 미안해, 미안해. 혼자 힘들게 해서 미안해. 다 괜찮으니까 나한테 기대도 돼. 괜찮아. 기대지 않는 게 내겐 더 힘든 일이야.”

한 번도 살면서 누군가에게 그런 말을 들어본 적이 없었다. 나에게 생긴 아픔을 자신의 일처럼 슬퍼해 주는 나비를 보고 조금씩 나비에게 기대기 시작했다. 받는 게 익숙하지 않았던 나는 받을 때마다 늘 고마우면서도 미안해했다. 그런 내게 나비가 말했다.

"다 괜찮아. 나는 당신을 믿어. 그러니 당신도 나를 믿어 줘. 서로 입장이 반대인 상황이었어도 당신도 더하면 더 했지 덜하진 않았을 거잖아. 쉬어야 할 때는 그냥 쉬어도 돼. 여태 끊임없이 달려왔으니 그에 따른 보상을 이제 받는 거야. 사랑받아 마땅한 사람이니 마땅한 사랑과 보상을 받는 것뿐이야."

사랑을 주면 받으면 될 일을, 사랑받아 버릇하지 못한 사람이라 그 보상을 왜 당신이 주느냐며 미안한 마음에 볼멘소리를 했다.

이제는 안다.

사랑을 주면 감사히 받고, 나를 알아주는 그 마음을 당연시하지 않되, 나도 그만큼 해주면 된다는 것을.

그가 알려준 사랑이었다.

비하인드
스토리

전 작품에 나비와 처음 여행 갔던 순간을 글로 적어 내렸다. 그때 있었던 일이다. 그때 그 여행은 최악의 여행이었다.

내가 알아본 모든 것들은 이래도 되나 싶을 정도로 엉망이었고, 나비가 알아본 곳들만이 제대로 된 곳이었다. 온종일 미안한 마음이 가득했던 여행이었다.

만나기 전에 서로 밥부터 먹기 위해 초밥집을 알아봤다. 각자 다른 초밥집을 알아봤고 서로 가고 싶은 곳이 달랐다. 각자 가고 싶은 곳에 좋은 점을 이야기하다, 먼저 도착한 나비가 식당에 미리 가 있겠다고 말했다. 늦은 사람은 나이기에. 나는 당연히 나비가 직접 알아본 초밥집에 갔을 거라고 생각했다. 하지만 막상 도착하니 인터넷으로 알아본 것과 다르게 내가 원했던 다른 메뉴들도 있기에 '운영하면서 추가됐나 보다.'라고 별생각 없이 좋아했다.

그러다 여행이 끝나고 집에 돌아가는 길에 알게 된 사실은, 나비가 가고 싶던 식당을 양보하고 내가 가고 싶다던 곳으로 갔다는 것이었다. 지각한 것도 모자라, 내가 알아본 곳마다 엉망이어서 한 소리할 만도 한데, 나비는 처음부터 끝까지 여행 내내 날 위해줬다. 그 배려가 어찌나 감동적이던지. 집에 돌아가는 버스에서 너무 고맙고 미안해서 눈물이 났다.

완벽하게 행복해서.
그 감정은 말로 다 설명이 안 돼서.

그때 나비 덕분에 처음 회덮밥을 먹어봤는데, 너무 맛있고 좋았던 기억이 남아서 지금도 회덮밥을 생각하면 자동으로 그때와 나비가 생각난다.

나는 앞으로도 사랑이 무엇이냐 묻는 말이나 회덮밥을 보면 평생 나비가 생각날 것이다.

그런 사람이 있지 않은가.
노래나 음식, 어떤 장소만 떠올리면 함께 기억나는 사람.

시간이 오래 지나고 이름도 기억나지 않을 만큼 세월이 흘러도 그 노래, 그 음식, 그 장소에 가면 자동으로 생각나는 사람. 그래서 더 그리운 사람.

비하인드 스토리에 어울리는 그런 사람.

4부

두 나비는 날아다니다
정착한 곳에 나무를 심었다

유서를
적다

나비에게 유서를 적자고 말했다.
조금의 이상하다는 생각도 없이 나비는 내 의견을 받아들였다.

우리의 유서는 죽고 싶어서 쓴 것이 아니었다.
동반 자살을 하자던 마음도 아니었다.

각자의 유서를 종이 두 장을 꽉 채울 만큼 쓰고 소리 내어 읽는 시간을 가졌다.

당신은 한 편의 시와 같은 유서를 남겼다.
나를 만나, 행복과 사랑을 알게 되었다는 말.
죽는 날까지 함께 해줘서 고맙다는 말.

처음 당신을 만나던 때가 생각이 난다.
당신은 내게 사람과 사람 사이에 행복이 존재하느냐고 물었다. 우린 사랑에 서툴렀고, 행복에도 서툴렀다. 그런 당신이 내게 처음으로 행복하다고 말하던 때와 마지막이라고 생각하고 적은 글에 나 덕분에 행복했다는 말에 나는 울지 않고서야 버틸 수 없었다. 서툰 두 사람이 만나 우리는 우리가 되었구나. 참 다행이라 생각이 들었다.

마음을 가다듬고 내 차례가 되어 읽는 유서는 퍽 슬펐다. 종종 당신은 내가 쓴 글을 읽으면 짠 바다향이 난다고 말했다. 눈물로 쓴 글씨라는 걸 당신은 그렇게 알아차렸다.

오늘이 내가 살 수 있는 마지막이라고 생각하며 초연하게 쓴 내 유서는 정말 안녕을 말하는 사람 같았다.

내가 먼저 가게 되니 나의 가족들에게는 당신과 당신 가족을, 당신에게는 당신 가족과 나의 가족을. 나 대신 서로를 손 한번 잡아줄 것을, 따뜻하게 서로를 안아 줄 것을 부탁했다.

읽으면서 어찌나 목이 메던지.
당신에게 적은 내용은 대부분 잔소리와 나처럼 아프고 고장 난 사람이 아닌, 몸도 마음도 건강한 좋은 분을 만나라 적었다. 내가 떠나서 혹여라도 반려견 나무가 현관문 앞에서 매일 나를 기다리더라도, 그 모습을 보고 울지 말아 달라는 이기적인 부탁과 함께.

우린 바다를 만들었다.
서로를 부둥켜안고 살아온 지난날들과 서로의 마음속에 있는 마지막의 진짜를 꺼내어 놓았다.

살고 싶었다. 놓친 진짜 마음들을 주우며 제대로 살고 싶어서 유서를 적었다.

바다가 다시 하늘로 돌아갈 때 우리는 약속을 했다. 매년 살기 위해 유서를 적기로. 살고 싶은 이 마음을 간직하고 힘들더라도 버티기로.

사랑한다고 말해야 하는 적당한 타이밍

사랑에 속도가 있다고 믿었을 때가 있었다. 만난 지 얼마 안 된 사람이 내게 사랑을 말할 때, 나는 그 말을 온전히 받아들이지 않았고, 마음속에서 혀끝까지, 머물지 않았기에 저렇게 가볍고 빠르게 이야기하는 것이라 생각하며 믿지 않았다. 내 사랑엔 속도가 없다고 마음먹으면서도 한편으로 꼰대같이 구닥다리인 또 다른 나는, 상대가 내게 말하는 사랑엔 속도가 있어야 한다는 모순덩어리였다.

대부분의 사람은 사랑을 빨리 말하면 그대로 받아들이고 기뻐하지 않는다. 상대가 말한 사랑과 마음을, 그리고 그 상대조차 믿지 않는다. 그러면서도 아이러니하게 자신이 첫눈에 반한 순간과 삽시간에 사랑에 빠진 순간은 진실하다고 말한다. 매우 모순적이지만 아마 자신은 진짜 사랑을 하고 싶어서 신중하고 싶은 사람들이 대부분일 것이다.

나비를 만났을 때 내가 딱 그랬다.
사랑도 연애도 하지 말자던 나는 이미 그에게 빠져있었다. 이미 내 마음과 입술은 그에게 사랑을 말하고 싶어 안달이 나 있었지만 그래서 더 조심스러웠다. 내 마음은 진심인데. 그가 믿지 못할까 봐. 내가 말하는 사랑이 그에게 다 닿지 않고 가볍게 느껴질까 봐. 우리는 닮아있었고 그와 동시에 달랐으니까. 겁이 났던 나는 사랑을 혀 밑에 감춰두었다.

짧다면 짧고 길다면 긴 시간이 지나 나비에게 처음 사랑을 말하던 날.
그는 알았을까. 그 말이 얼마나 무거운지를. 온 마음을 다 바쳐 무게 실린 그 말을 그는 알아들었을까.

우리는 함께 계절을 걸었고 나비에게 처음 사랑을 말하던 내 상황을 솔직하게 털어놓았다.
내가 얼마나 조심스럽고 무거운 말을 했는지. 당신은 알았느냐고. 혹시 가볍게 느껴지진 않았느냐 물었고 그는 다행히도 가볍지 않았다고 대답했다.

진심은 통한다는 말이 참말인가 보다.
더 익혀둬야 하는 감정과 사랑이라는 건 사실 없나 보다. 사랑한다고 말해야 하는 적당한 타이밍이라는 건 진심의 농도 차이가 아닐까.
지금도 나는 사랑엔 때가 없다고 믿으니까.

사람과 사랑

사람과 사랑은 부르는 명칭마저 닮아있다.
네모난 모양을 가진 미음 받침을 가진 사람이 사랑을 하게 되면 동그란 이응 받침을 가지게 되는 걸까. 각진 네모는 동그라미가 되기 위해, 어쩌면 생살과 뼈를 잘라낼 정도로 모서리를 다듬었을지도 모른다. 그럼에도 부르는 명칭마저 닮아있는 건 사람과 사랑, 서로 떼려야 뗄 수 없는 사이라서가 아닐까.

지키고 싶은 약속

누군가를 가슴 아리듯 사랑하고 그 사랑 때문에 가슴 아파해 본 경험은 나이와 상관없었다. 나이가 어리든, 많든 누구나 얼마든지 겪어볼 수 있는 것이 사랑이다. 누군가는 자신보다 어리다는 이유만으로 어린 네가 무슨 사랑을 아냐며 핀잔을 주기도 하지만 그때의 나나, 지금의 나는 내 사랑 덕분에 행복했고 내 사랑 때문에 힘들었다.

지나가는 쉬운 말이라 해도 '네 미래를 위해 지금은 만나지 마', '나중에 더 좋은 사람 만날 수 있으니 지금은 헤어져', '지금 사랑이 다인 것 같지?', '어차피 헤어질 거잖아', '얼마 못 간다는 것에 내기 건다.' 등의 말들은 상처로 남았다.

물론, 조금 더 나이를 먹고 보면 몇 번의 사랑과 인간관계에서 얻는 배움으로보다 성숙해진 연애와 사랑도 분명 존재한다. 하지만 그렇다고 해서 내 사랑이 사랑이 아니거나 덜 성숙한 것만은 아니었다.

마찬가지로 누구나 언젠가는 이별을 맞이해야 하는 순간이 찾아온다는 것은 누구나 알고 있다.
남이 대신해서 이별해주지 않듯, 사랑도 마찬가지이다.
그래서 지금 만나는 우리 사이가, 관계가 너무 소중해서. 잃고 싶지 않은 마음에 '우리만큼은 헤어지지 않을 거야'라고 말하는 게 무엇이 잘못됐는가.

그 말은 지키지 못할 약속이 아니라 지키고 싶은 약속이다.

헤어질 용기가 생길 때
결혼할 수 있다

편부모 가정에서 자란 자녀들은 이혼할 확률이 높다는 말.

안 그래도 한쪽 부모가 없는 것도 서러운데 저런 말을 왜 들어야 하는지 모르겠다. 통계적으로 조사할 때 조사하던 사람은 그 말이 누군가에겐 상처를 더 들쑤시는 말이라고는 생각 안 해봤나 보다.

편부모 가정의 부모들은 자신의 이혼이 자녀들에게 상처가 되지 않았으면 하는 마음을 늘 갖고 있다. 양부모 가정보다 그 마음이 더 크면 컸지, 결코 작지 않다. 양부모, 편부모 가정 모두 내 자녀만큼은 이혼하지 않길 바라는 게 대다수의 부모 마음인데, 괜히 자녀들은 자라면서 들은 저따위 말로 인해 안 그래도 '과연 내가 부모님처럼 헤어지지 않고 결혼할 수 있을까.'라는 마음에 불을 지른다. 그래서 요즘 사회가 비혼주의자와 딩크족이 많이 생기는 것이 아닐까. 그렇게 만든 원인 인중에 저런 말을 함부로 하는 것도 포함된다고 생각한다.

결혼에 대하여 누군가가 이렇게 말했다,

“헤어질 용기가 생길 때 결혼을 할 수 있다.”

얼마나 모순적인 말인지, 나는 아직 그 말을 완벽하게 이해하기 어렵다. 물론 상대가 나비라면 그와 함께 하루를 시작하고 하루를 마감하는 매일매일을 보내고 싶다. 그것만으로도 결혼 생활이 가능하다면 헤어질 용기가 없어도 결혼을 하겠지만, 난 아마 평생 헤어질 용기 같은 건 생기지 않을 것 같다.

요즘은 꼭 결혼이 아니더라도 많은 이들이 동거를 한다.

차라리 나는 많은 사람이 이혼을 할 바엔 동거를 많이 해보고 난 후에 결혼하는 게 좋겠다는 생각을 한다. 작은 생활 패턴 하나하나까지 다 다른 각자가 만나 우리가 됐다가 맞지 않는다는 이유로 헤어지니 말이다. 그것은 결혼이라는 제도처럼 서로의 가족에게도, 자녀 있다면 자녀에게도 상처 주지 않아도 되니 말이다. 긴 세월을 살아가면서 딱 한 번만, 단 한 사람만 사랑할 수 있는 세상은 아니기에, 젊은 청춘남녀들이 건강하게 많이 만나면서 진짜 함께할 사람을 찾아갔으면 한다.

어차피 연애도, 사랑도 내가 행복하기 위함이니까.

파란색+보라색
=은하수 색

우리의 앞으로의 사랑과 나날들이 꼭 반드시 행복할 거라고만은 말하지 못하지만, 그러길 바라고 그렇게 만들기 위해 나는 노력할 거야.

우린 아마 자주 다투겠지.
공적인 일로든, 사적인 일로든.

다투는 순간에 서로에게 상처 주는 말을 할지도 몰라. 그럴 일은 절대 없을 거지만 이별을 내뱉는 순간도 찾아올지도 몰라. 하지만 그 상처를 다 덮을 만큼, 서로 사랑하고 상처 주지 않으려 노력하자. 우리는 지금처럼 함께 시행착오를 겪어가며 성장하자. 서로가 서로의 거름이 자 더 좋은 나무가 될 수 있도록.

당신이 나를 닮아가고 나도 당신을 닮아가는 모습이 좋아.

여전히 나는 잔소리와 장난기가 심하고 눈물이 많아. 나비도 잔소리와 장난기, 그리고 웃음이 많지. 그런 우리가 점점 서로의 많이 가진 것을 닮아간 건 그 모습이 편안한 덕분이겠지.

나를 만나기 전 당신은 잘 울지 않고 관계에서 오는 행복감을 잘 모른다고 했었는데, 나를 만나서 울기도 하고 행복하다고 말했을 땐, 얼마나 기뻤는지 몰라.

파란색을 좋아하는 나비와 보라색을 좋아하는 달. 그런 우리의 색을 섞으면 은하수 색이 나와.

작가로서 별을 그리는 당신에게,
작가로서 하늘을 환하게 비추는 달이고 싶은 나에게, 은하수 색은 우리에게 완벽한 색이야.

우리는 앞으로도 이렇게 서로의 색을 만들며 다른 이에게도 빛을 나눠주자.

당신은 내가 행복하게 만들게.
앞으로도 이렇게 행복하자.

당장 막연히 먼 미래의 결혼보다는 또 한 번의 사계절을 함께하자.
우리 미래도 우주의 은하수처럼 크고 반짝일 테니.
열심히 사랑했고 또 사랑하고 사랑하자.

사랑한다는 말로는 다 부족한 당신에게 사랑해.

사실
나는 말이야

드라마 이번 생은 처음이라는 드라마를 여러 번 돌려봤다. 최근에 다시 돌려보면서 느낀 사실은 현실과 상황에 휩싸여 나는 애써 내가 갖고 싶은 것을 포기하고 있었다는 진실이었다.

사실 나는 결혼이 정말 하고 싶은 사람이라는 걸.

정말 아닌 줄 알았는데.
두 눈을 뜨고 있어도 코가 베인 기분이었다.

진실을 마주한다는 것은 이렇게 때때로 알고 있던 나 자신에게서 스스로 뒤통수를 맞은듯한 느낌이다.

진짜 나라는 사람은 남들처럼 평범하게 결혼을 하고 이혼 없는 가정을 꾸리고 싶었던 게 내 오랜 소망이자 꿈을 가지고 있는 사람이었다.

어쩌면 그 미래는 지금 사랑하는 이와 함께할 수 있는 미래일 수도 있고, 아닐 수도 있다. 한 치 코앞도 모르는 게 사람 일인데 다짐한다고 해서, 약속한다고 해서 다 이뤄졌다면 지난날들의 사랑한다는 말들은 다 깨진 약속이었을까.

지금을 사는 나는 솔직한 사람이 되고 싶지만 여전히 결혼에 대해서만큼은 꽁꽁 감추고 싶던 아픈 손가락과 같았는지도 모른다.

나와 사랑하는 이를 반씩 닮은 아이와 함께 먹는 저녁, 함께 대화하며 TV를 보는 순간, 잠들기 전 시시콜콜한 이야기를 나누며 서로 이불 뺏기를 하는 그런 일상들.

남들은 잘만 하고 잘만 헤어지던데 나는 헤어지지 않기 위해서인지. 어쩐지 더 어렵기만 하다.

사라진 약속들은 어디로 흘러갔는지.
사랑한다던 말들은 다 어디로 날아갔는지 모를 일이다.

그저 지금 이 순간, 단단한 말로 확신 받고 싶었다. 나는 나조차도 책임지기 버거워하면서도 의존적인 사람이었는지도 모른다.

누군가는 나를 멋있다고 표현하지만, 그와 반대로 이렇게 멋지지 않은 후진 모습도 있다.

백마 탄 여왕이 되어 사랑을 쟁취하며 왕이 될 사람을 내 등 뒤에 태우고 싶었는데. 그러기엔 생각보다 내 삶이 많이 까끌거려 아팠나 보다. 누군가에게 온전한 사랑을 받고 단단한 책임을 듣고 그 품속에서 지난날들을 털어놓으며 하염없이 울고 싶었는지도 모른다. 아마 내가 생각하는 꿈 꾸는 결혼 생활은 그런 모습이었을 것이다.

호수는 파도가 없지만 누군가가 돌멩이를 던지면 일렁인다. 아주 오랜 시간 동안 일렁이지 않기 위해 호수는 참았을 것이다. 아무도 몰랐겠지만 호수의 원래 진짜 모습은 바다였다. 파도를 참아내고 버텨내야, 무너지지 않고 버틸 수가 있었을 테니까. 세월이 바다마저 호수로 만들었다.

잔잔한 호수를 보면 분한 마음에 돌멩이를 던진다.

모를 일이다.
시간이 지나 호수가 다시 바다가 될 수 있고 그대로 호수로 남을 수도, 사막이나 다른 무언가가 될 수도 있는 일이다.

그건 아무도 모를 일이다.

우리가 꿈꾸는 건 그저 소박한 일상과 사랑 단단함이었다. 언제든 서로에게 서로가 기대고 안아주며 품이자 집이자 가족인 것. 그게 바다에서 호수가 된 내가 꿈꾸는 진짜 결혼이었다.

에필로그

정신과 약 부작용으로 인해 언어장애와 기억력이 흐려졌던 나는 기억하기 위해 글을 쓰기 시작했다. 그중 내가 사랑하는 사람들의 이야기를 담은 책을 써서 오래오래 간직하고 싶었다.

난 엉망진창인 사람이었다. 불면증, 자살 중독증, 불안증, 공황장애, 트라우마, 우울증, 조울증, 해리성 기억상실증, 공황장애 등으로 정상적인 사고력과 판단이 불가한 사람이었음에도 세상에 이런 사람 이런 사랑도 있다는 걸 보여주고 싶었다.

아빠가 내게 가르쳐 준 사랑이 얼마나 따뜻하고 뜻깊었는지, 지난 사람들이 알려준 경험이 얼마나 고마웠는지, 나비가 내게 보여준 사랑이 얼마나 특별했는지를 말이다.

작가가 되기 전 회사에 다니며 교육받은 적이 있다. 교육 내용 중에는 내가 가고 싶은 목표에 가장 가깝게 가는 길을 선으로 그었을 때, 그 길이 어떤 선이냐 물었고 당연히 다들 직선이라 말한다.

하지만 어찌 삶이 내 마음처럼 순탄할까.

나는 직선으로 가고 있다고 생각해도 때론 샛길로 빠지거나 이곳이 지름길이라 생각해, 착각하는 순간이 찾아오고, 오르막길과 내리막길도 분명 존재한다. 하지만 그것들을 옆면으로 보았을 때는 그래프처럼 분명 구불구불 한 선이지만 위에서 바라본다면 그 길은 결국 가장 빠른 직선이 된다.

지금도 당신이 가는 길이 틀렸다고 생각하는가?
잘 가고 있으니 멈추지 말고 그대로 가던 길을 가라고 말하고 싶다. 결국 난 회사를 그만두고 작가가 되었으니까.

더불어 꿈에 바라던 사랑도 찾았다.

나도 당신도 틀리지 않았다.

우린 틀리지 않았다.

마지막으로 하고 싶은 말이 있다면 이 책은 시리즈 물로 2탄이 나온다. 작가가 사랑할 때 남자 편, 작가 나비가 적은 책으로 2021년도 안에 나올 예정이다. 마찬가지로 많은 사랑 부탁 (내놔)을 하며, 나를 믿어주는 독자님들 코로나가 끝나면 우리가 만나기를 기대하고 있어요.
당신들은 내게 보물이야. 얼른 보고 싶어요. 다들 지금 처럼만 부디 제 곁에 오래 머물러 주세요. 사랑해요.

마지막으로, 사랑하는 당신에게

나는 당신을 만나기 위해 얼마나 많은 이별을 겪었는지 모른다.
그 시간을 돌고 돌아 비로소 당신을 만나게 됐던 날.
나는 겉으론 웃으면서도 속으론 울고 있었다.

당신을 조금 더 사랑하게 되던 날.
나를 향해 맑게 웃던 당신을 보며 문득 저 밑에서부터 그동안 서러웠던 울컥함이 차올랐다. 당신에게 티 내지 않으려 같이 웃으면서도 나는 눈썹이 찡그려졌다.

아아, 나는 당신을 만나려고 지난날 그렇게 힘들었나 보다.

당신을 많이 더 사랑하게 되던 날.

지난 이별을 겪었던 시간 때문에 덜컥 겁이 났다.

'당신과 내 타이밍이 맞지 않아 우리가 이별하게 되면 어쩌지,

우리가 너무 빨리 만난 건 아닌지.'라며 생각했던 때가 있었다.

차라리 우리가 조금 더 늦게 만나서 보통 사람들이 결혼하는 적당한 시기에 만나 결혼하는 것처럼. 사랑이 커지면 커질수록 나는 당신을 잃어버릴까 봐 발을 동동 굴렀다.

당신이라는 사람이 내게 그런 사람이다.

공식도

시간도

틀도

당신에겐 아무런 힘도 쓰지 못했다.

당신은 그저 내게 걸어왔고, 다 괜찮다는 듯이 나를 안아주었다.

당신은 내게 품이다.
가족이 필요할 때 당신은 내게 기꺼이 가족이 되어주었고, 부모와 자식 간에도 어려운 나의 꿈을 무수히 응원해주고 지지해주었다.
책에 미처 다 적지는 못한 일 중 내가 자주 아픈 날이면 당신은 제일 먼저 내게 달려와 주었다. 좋은 일도 잦으면 익숙해지는 게 사람이라는데, 당신은 자주 아픈 나임에도 내가 아픈 날이면. 어릴 적 아빠가 그러셨듯 내가 좋아하는 감자탕을 사 오곤 했다.
불행과 행복에 걸터앉아 그것을 재며 괴로워하는 나에게 당신은 빛이자, 세상이었다. 구석구석 나조차도 몰랐던 곳까지, 당신은 내 마음에 쌓인 먼지와 자국들은 닦아주곤 마땅한 사람이니 마땅한 사랑을 받는 거라 내게 말했다.

나는 그런 당신만의 사랑 표현이 좋았다.
나와는 다른 당신에게 비밀도 자존심도 없이 나를 털어놓던 날, 당신은 그냥 들어주었고 나는 아무런 말이 없던 그 반응이 좋았다. 그리곤 늘 머리를 쓰다듬어주던 커다란 손까지.

이런 이야기를 하면 듣고 떠난 이들도 있었는데. 당신에겐 이런 것쯤은, 내가 이상한 사람이 아니라고 말해주는 듯해서. 나는 더 이상 나를 털어놓는 날이 두렵지 않다.

당신 덕분에 빈틈없이 행복하니까.

때때로 그런 우리도 부딪히고, 다투지만 그 순간마저 우리는 웃고 만다. 서로가 귀하고 예쁜 사람이라는 걸 알기에, 그런 다름마저 우리는 둘 다 양보하기로 하고 웃고 만다. 한 번은 오랜만에 만나던 날 우리는 다퉜던 적이 있었다. 당신에게 모진 말을 내뱉으려고 가득 준비하면서도, 아이러니하게 당신에게 줄 꽃을 샀다.

그 모든 순간마저 내 말이 진심이 아니라는 걸 알아차려주길, 화가 가득 나고 당신이 미운, 그럼에도 불구하고. 나는 당신을 사랑하고 있다고. 우리는 다투면서도 그렇게 서로를 위해 서로와 자신을 쌓아갔다.

책을 쓰는 작가가 되기 전 당신에게 그런 말을 한 적이 있었다.

"나는 책을 적게 되면 우리의 지금 이 순간의 사랑을 적고 싶어. 오래도록 간직할 수 있도록. 그럴 일 없겠지만 설령 우리가 이별한다면 이미 세상에 알려진 우리 사랑이 눈에 밟혀, 돌고 돌아, 서로에게 돌아갈 수 있도록. 나는 당신 같은 사랑이 처음이라, 우리 이야기를 오래오래 간직하고 싶어. 세상엔 이런 마법 같고 동화 같은 사랑도 있다는 걸 알려주고 싶어. 그니까, 죽지 말라고. 버티고 서서 살아남으라고. 당신에게 당신의 당신이 갈 테니까. 걱정 말라고. 그런 글을 쓰고 싶어."

내가 나비 당신에게 했던 말처럼 오늘이 왔다.
어느 당신에게 이 글이 읽히는 날.

오래오래 간직할 이야기로, 그래서 그 사람들은 오래오래 행복하게 살았답니다로 끝나는 해피엔딩 이야기로 남길.
고난과 역경이 몰아쳐도 비바람에 흔들리지 않고 자라는 나무가 어디 있으랴. 우리는 그저 굳세어라 땅 아래에 단단한 뿌리를 내릴 뿐이었다. 그래야, 그래야 꽃도 열매도 피니까. 더 많은 시간이 지난 후엔 몇억 개 중에 하나쯤, 우리라는 나무도 기적처럼 연리지가 되지 않을까.

사라지지 않을 곳에 나와 당신이 사랑했다는 사실을, 기억을 적어두고 싶었다.

당신 덕분에 나는 웃는다.
내게도 그런 날이 왔다.
내게도 당신이란 사람이 왔다.

살아있길 잘했다.
사랑하길 잘했다.

그걸 알려준 당신에게 감사하고 또 감사하며 그래서 늘 미안하고 그리고 사랑한다고 기나긴 말을 하고 싶었다.

사랑한다, 사랑한다, 나는 당신을 사랑한다.

등지고 누워 사랑에 기대다

초판 1쇄 발행 : 2021년 2월 26일

지은이 : 권라빈
편집인 : 떠오름
책임편집 : 떠오름
디자인 : 당아, 이민영
책임마케팅 : 떠오름
마케팅 : 손힘찬
펴낸곳 : (주) 떠오름 코퍼레이션

출판등록 : 2020년 4월 28일 제 2021-000002호
이메일 : teoreum9@nate.com

ISBN 979-11-970808-1-4